悲伤或永生

韩东四十年诗选

1982—2021

SAD *or* ETERNAL LIFE

韩东 著

北京联合出版公司
Beijing United Publishing Co.,Ltd.

雅众文化 出品

目录

第一辑
爸爸在天上看我
1982—2001

我不认识的女人	003
一个孩子的消息	004
我们的朋友	006
有关大雁塔	008
你见过大海	009
温柔的部分	010
逝去的诗人	011
明月降临	012
黄昏的羽毛	014
常见的夜晚	015
你的手	016
回家	017
在玄武湖划船	018
写这场雨	019
雨停了	021
郊区的一所大学	022
接近真理	023
远行的人	024
我听见杯子	025

风景	026
孩子们的合唱	027
艺术家的大手	028
二十年前剪枝季节的一个下午	029
一堆乱石中的一个人	030
墙壁下的人	031
草原	032
画面	033
大地上	034
一种黑暗	035
远征	036
天亮以前	037
飞盘	038
水渠	039
三月的书	040
三月到四月	041
今天	043
潮湿	044
只此一次	045
城墙上	046
焰火	047
牧草	048
奇怪之处	049
雨衣、烟盒、自行车	050
女声合唱	052
自然现象	054
讲述	055
记忆	056

翻译歌词	057
甲乙	058
交谈	060
比如	061
雾	062
夜风	063
爱的旅行	064
十月	065
十二月	066
华灯初上	067
夜游	068
邂逅	069
追悼	070
打鸟的人	071
美国之音	072
一刻钟	073
致丁当	074
苏州	075
来自大连的电话	076
冬天的荒唐景色	077
猫的追悼	078
三轮车工人	079
一道边门	080
夜航	082
横渡伶仃洋	084
读《翟永明诗集》并致翟永明	086
小姐	088
抚摸	089

一个吸烟的姿势	090
微笑	091
火车	092
美好的日子	093
多么冷静	094
交谈	095
对话	097
在深圳……	098
片章	099
机场的黑暗	101
爸爸在天上看我	102
奔忙	103
消息	104
讲述	105
善始善终	106
他摇晃着一棵树	107
他的母亲死了	108
一声巨响	109
爱情生活	110
夏日窗口	112

第二辑
重新做人
2002—2011

格里高里单旋律圣歌	115
"亲爱的母亲"	116

投递	117
这些年	118
纯粹的爱	120
雨	121
细节	122
结局	123
断章 2002	124
记忆	126
读薇依	127
无题	128
霓虹	129
圆玉	130
五月	131
我们坐在街上	132
我和你	133
日子	134
天气真好	135
自语	136
黑人三章	138
劝酒	140
小巷里	141
下雪了	142
冬至节	143
平安夜	144
自我认识	145
半坡即景	147
一些人不爱说话	148
快乐	149

在水上	150
秋冬献词	151
愤怒	152
总得找点事情干	154
友谊宾馆	156
西蒙娜·薇依	157
密勒日巴	158
卖鸡的	159
菜市场	160
山东行	161
扫墓兼带郊游	162
我仍然可以热爱生活	163
在世的一天	165
起雾了	166
电梯门及其他	168
延误	169
克服寂寞	170
这儿、那儿	171
烟雾使思念显形	172
怒气冲冲的世界	173
无论发生了什么	174
读《黑暗时期三女哲》	175
看电影《海豚湾》	176
致庆和	177
成都的下午	178
怀念	179
老人	180
人生	181

工人的手	182
记事	183
侍母病	184
夜渡	185
爆竹声声	186
老楼吟	187
在高铁上	189
晴空朗照	190
轮回	191

第三辑
他们
2012—2014

他们	195
失眠	196
阴郁的天气	197
湿地	198
盐田	199
汽车营地	200
思念如风	201
日出谣	202
对视	204
读海明威	205
山中剧场	206
隔墙有耳	207
在阳光下	208

射击	209
献诗	210
马上的姑娘	211
夏日	212
一匹马	213
你没有名字	214
致吉木狼格	215
一摸就亮	216
野蜂，啤酒	217
世界无奇不有	218
变天	219
某一世	220
食粪者说	221
这家麦当劳	222
无名大桥	223
不写诗，听歌	225
爱	227
母亲的样子	228
写给亡母	229
季节颂	230
墓园行	232
在异国	233
它是一条无人理睬的狗	235
炎夏到来以前	237
看不见的风	238
游戏	239
我的眼睛	240
井台上	241

我因此爱你	243
抓鱼	244
起大早	245
强奸犯、图钉和自行车	246
清淡的光	248
出远门	249

第四辑
奇迹
2015—2019

白色的他	253
电视机里的骆驼	254
黄鼠狼	255
生命常给我一握之感	256
孤猴实验	257
我给星星洗了最后一个澡	258
土丘	259
马尼拉	260
放生	261
哑巴儿子	262
嬉戏	264
生日记	265
晴朗的下午	266
肖像	267
游轮吸烟记	268
给普珉	269

致煎饼夫妇	270
致杨黎	271
致L	272
致敬卡瓦菲斯	273
致敬卡瓦菲斯(二)	274
致某人或一个时代	275
他的头发那么白	276
诗人	277
长东西	278
忆西湖	279
母亲的房子	280
狗会守候主人	282
忆母	283
玉米地	284
梦中他总是活着	285
河水	286
梦中一家人	287
爱真实就像爱虚无	288
红霞饭店	289
孤儿寡母	290
我们不能不爱母亲	291
梦见外祖母	292
离去	293
离去(二)	294
大象皮	295
斯大爷	296
梁奇伟	297
路遇	298

春纪	299
喜欢她的人死了	300
雪意	302
悼外外	303
变化	304
隔着窗框	305
悲伤或永生	306
岳父	307
悼念	308
安魂小调	309
又回到了医院附近	310
看雾的女人	311
死神	312
石头开花	313
华盛顿记	314
神秘女性	315
照片	316
藏区行	317
阳台或我的一生	318
温泉之夜	320
割草记	321
彩虹	322
青年时代的一个瞬间	323
三叶林场	324
无人大街	325
超级月亮	326
末班车	327
逝去的草房之歌	328

清晨，雨	329
雨	330
几个字	331
很甜的果子	332
亲爱的人中间	333
两只手	334
由于一些原因	335
星光	336
医院素描	337
在医院的楼宇之间	338
自由	339
失眠	340
工作室	341
冬日小景	342
默契	343
戏剧	344
风吹树林	345
进驻新工作室一年	346
可不可以这样说	347
他看着	348
紫光	349
奇迹	350
奇迹（二）	351
奇迹（三）	352
飞行	353
心儿怦怦跳	354
夜读	356
殡仪馆记事	357

白蛆	358
生命中的欢宴	360
一家美术馆	362
夜游新加坡动物园	363
搬家记	365
遗忘之岛	367
时空	368
有限	369
一个情境	370
幸福	371
此处风景	372

第五辑
解除隔离
2020—2021

疫区之夜	375
异类	376
在这里……	377
说犬子	378
解除隔离	379
回到工作室	380
洪水	381
看晚霞	382
隧道	383
夕阳	384
隧道里猫	385

过江隧道	386
钵	387
买盐路上的随想	388
乌龟不是月亮	389
怜悯苍蝇	391
必然	392
名字	393
旧爱：一个叙事	394
照片	395
运行	397
年龄	398
这里的逻辑	399
墓园	400
两辆摩托车	401
兜兜转转	402
问一问	403
对一棵树的处置	404
难以理解	405
蟋蟀之歌	406
地铁站俩老头	407
塔松，灰天	408
月相	409
空隙	410
记录	411
回忆	412

第一辑
爸爸在天上看我

1982—2001

我不认识的女人

我不认识的女人
如今做了我的老婆
她一声不响地跟我穿过城市
给我生了一个哑巴儿子
她走出来的那座大山
我什么也不知道

她是我的老婆
总有一天她会开口
告诉我山里的事情
但没准什么时候我就死了
她咽下没有讲完的话
动身回到山里

看来我要活得很长
活到连那座大山也死了
死得无影无踪
而山里走出来的女人
是不会老的

一个孩子的消息

那孩子从南方来
一路上赤着脚
经过了很多村庄
他是来投奔我
他听说我是北方的豪杰

那些骑马的人
给我带来那孩子的消息
说他还在途中
艰苦地跋涉

他们说
那是个瞎孩子
却有不少心眼儿
是个结巴
却有条金嗓子
他们说他一定能走到这里
在这以前
他就走遍了世界
见过大世面

他们还说

那孩子很讨喜
有多少女人
把他埋进自己肥胖的肉里
用泪水给他洗澡
求他留下来
做她们的小丈夫
那孩子总是奇怪地一笑
转身上路了

谁也说不准他的身世
说不准他想些什么
可他们全都相信
那孩子会有出息

北方已经开始下雪
还不见那孩子来
也听不到他的消息
我和我的妻子
整天坐在火炉旁
等着那孩子
一声不吭

我们的朋友

我的好妻子
我们的朋友都会回来
朋友们还会带来更多没见过面的朋友
我们的小屋连坐都坐不下

我的好妻子
只要我们在一起
我们的朋友就会回来
他们很多人都是单身汉
他们不愿去另一个单身汉的狗窝
他们到我们家来
只因为我们是非常亲爱的夫妻
因为我们有一个漂亮的儿子
他们要用胡子扎我们儿子的小脸
他们拥到厨房里
瞧年轻的主妇给他们烧鱼
他们和我没碰三杯就醉了
在鸡汤前面痛哭流涕
然后摇摇晃晃去找多年不见的女友
说是连夜就要成亲
得到的却是一个痛快的大嘴巴

我的好妻子
我们的朋友都会回来
我们看到他们风尘仆仆的面容
看到他们浑浊的眼泪
我们听到屋后一记响亮的耳光
就原谅了他们

有关大雁塔

有关大雁塔
我们又能知道些什么?
有很多人从远方赶来
为了爬上去
做一次英雄
也有的还来第二次
或者更多
那些不得意的人们
那些发福的人们
统统爬上去
做一次英雄
然后下来
走进下面这条大街
转眼不见了
也有有种的往下跳
在台阶上开一朵红花
那就真的成了英雄——
当代英雄

有关大雁塔
我们又能知道些什么?
我们爬上去
看看四周的风景
然后再下来

你见过大海

你见过大海
你想象过
大海
你想象过大海
然后见到它
就是这样
你见过了大海
并想象过它
可你不是
一个水手
就是这样
你想象过大海
你见过大海
也许你还喜欢大海
最多是这样
你见过大海
你也想象过大海
你不情愿
让海水给淹死
就是这样
人人都这样

温柔的部分

我有过寂寞的乡村生活
它形成了我性格中温柔的部分
每当厌倦的情绪来临
就会有一阵风为我解脱
至少我不那么无知
我知道粮食的由来
你看我怎样把贫穷的日子过到底
并能从中体会到快乐
而早出晚归的习惯
捡起来还会像锄头那样顺手
只是我再也不能收获什么
不能重复其中每一个细小的动作
这里永远含有某种真实的悲哀
就像农民痛哭自己的庄稼

逝去的诗人

逝去时代里的诗人
我亲爱的大师
脱鞋进了他的门
一柄木剑高悬
手指悠闲
布衫整洁
阳光也照不见尘埃
话语平和
梦境安详
我们站立一边
大路朝天
白云静止
风倒挂其上
也已多年

明月降临

月亮
你在窗外
在空中
在所有的屋顶之上
今晚特别大
你很高
高不出我的窗框
你很大
很明亮
肤色金黄
我们认识已经很久
是你吗
你背着手
把翅膀藏在身后
注视着我
并不开口说话
你飞过的时候有一种声音
有一种光线
但是你不飞
不掉下来
在空中
静静地注视我

无论我平躺着
还是熟睡时
都是这样
你静静地注视我
又仿佛雪花
开头把我灼伤
接着把我覆盖
以至最后把我埋葬

黄昏的羽毛

黄昏降临
我坐在家里
窗外一片静谧

多么安静
还没点上灯
已被那巨大的翅膀拂中
黄昏的翅膀
看见它的根根羽毛

金色的羽毛漫天飞舞
不发出一点声音

多么安静
好像隔着一层玻璃
多么安静多么清晰
然而它们并不和我接触

常见的夜晚

这个夜晚很常见
你来敲我的门
我把门打开一条缝
灯光首先出去
在不远的地方停住
你的脸朝着它
看见了房间里的一切
可我对你还不大了解
因此没有把房门全部打开
你进来带进一阵冷风
屋里的热浪也使你的眼镜模糊
看来我们还需要彼此熟悉
在这个过程中
小心不要损伤了对方

你的手

你的手搁在我身上
安心睡去
我因此而无法入眠
轻微的重量
逐渐变成了铅
夜晚又很长
你的姿势毫不改变
这只手象征着爱情
也许还另有深意
我不敢推开它
或惊醒你
等到我习惯并且喜欢
你在梦中又突然把手抽回
并对一切无从知晓

回家

昨天晚上我曾回家
在房子的阴影里伫立良久
昨天晚上
灯光一直照到我的脚下
树木环绕四周
也受到同样深的感染

我多么紧张
很久听不见母亲的声音
她的步履蹒跚
从门后响起
这时门栓滑落了
一切都如我所料

但我不愿走到灯光里去
不论是窗户还是门那儿
这样的灯光已和我相隔多年
它投下亲人长长的身影
永远朝着某个悲哀的方向

今晚我仅仅是个陌生的人
比任何生人都更要陌生
今晚我仅仅是个善良的小偷
一片叶子就可以遮住一张脸

在玄武湖划船

我还记得那阵风
它起自湖面
到岸边结束
任意摆布我们的船
我还记得
想象中的孤单
在绿色的湖面上
我们同时操桨
又都把船桨搁下
船头顿时歪向一旁
我记得摸出烟来抽
四只手罩住的火
记得我们刚刚还在湖上
完全是即兴的
我记得
现在我们已经来到大路上

写这场雨

写这场雨
它是极其普通的
并且已经停息
昨夜雨打在宽阔的叶子上
使得整棵梧桐都颤动起来

我经历了无数个这样的夜晚
有时候还在路上
老远
看见窗户上的灯光
向着黑暗中的风雨打开
可走到窗下
还要好长时间

昨夜我坐在房子里
我的窗户也已关闭
我的灯光熄灭了
雨打在叶子上
又清脆地落到地上

这是一场春雨
花儿不会因此凋零

只有喜悦的啜泣声
在周围的世界里此起彼伏

看来这样的雨还要再下几场
才能吐尽各人心中的悲欢
而真正的幸福降临
是一道阳光
照在林中空地上

雨停了

雨停了。不是处在
两场雨之间,而是
所有的雨都停了
那时太阳还没有出来
而鸟儿出现在太阳之前
随后人们才走上大街
这之间只有片刻的宁静

人们听到了鸟儿的叫声
接着听见了第二种声音
那时他们的耳朵还能分辨得出
第三种声音依然好听
(那是来自附近工厂的电锯)
这都是由于用心倾听
不急于发出自己的声音
那时他们还保持着几分机警
推开房门的手迟疑了片刻

郊区的一所大学

郊区的一所大学
下午四点左右
工地上的大楼已砌到三层
路的另一边
是半年前竣工的宿舍
结构和正在建筑中的一样
楼与楼之间
现在还是一块空地
不断有人走过
似乎在测量距离
一阵风来自这个季节
校园里没有任何响动
一张纸在沙石下面
树木在施工时移开
下午四点
一片云影带来了凉意
我走向学校的大门
并计算所用的时间

接近真理

从接近事物开始接近真理
好比从缝纫去接近你的美貌
踏板上,你优雅的踝关节活动
在赶制一件新衣
你的季节就要来临
景物移动,圆盘旋转,是什么光滑闪烁
被握在手中?
你将和大地上的玉米争辉
可爱的人儿注定要进入可爱的风景
现在在赶制她的新衣
而你的丈夫是这片风景中的蛆虫
以他的方式也在接近真理
仅仅比你深刻一分

远行的人

将要远行的人
改变了这里的夜晚
像偶尔睡在你的身边
使床在黎明前空出一半
我们抚摸过的肉体
从毯子下面消失
始终是若有若无的睡眠
我的一只脚在远方

幻影浓重,道路困扰
深深地蜷曲起来
星月将跟随,大地将后退
他被她抛弃在地上
这样的平稳、精确
像一只旧表
在搬空了的房间里走动
这里的夜晚就要长出青草

我听见杯子

这时，我听见杯子
一连串美妙的声音
单调而独立
清醒的时刻
强大或微弱
城市，在它光明的核心
需要这样一些光芒
安放在桌上
需要一些投影
医好他们的创伤
水的波动，烟的飘散
他们习惯于夜晚的姿势
清新可爱，依然
是他们的本钱
依然有百分之一的希望
使他们度过纯洁的一生
真正的黑暗在远方吼叫
可杯子依然响起
清脆、激越
被握在手中

风景

山下的小块田地无人耕种
农民守护它,使它荒芜
我处心积虑或者漠不关心
谁来告诉我牛羊们的年龄?

它们散布在下面的树丛
用十年或者更多的时间
啃光那里的枝条
痛苦的风景,骑马者在马上
将它爱上

我从离去的路上回到
奇形怪状的城市
人们闭门不出,但整个世界
都能感觉到他们呼吸的热风

房屋——发白的虫卵
混在河滩上的乱石中间
而一阵阵的光弥漫开去
使这片风景坚定地远离

孩子们的合唱

孩子们在合唱
我能分辨出你的声音
我看见那合唱的屋顶
我看见那唯一的儿童的家
然后我看见这将要过去的一天
这是我第一次爱上一个集体

这些不朽的孩子站在原地
没有仇恨也不温柔
他们唱出更广大的声音
就像你那样安静地看着我
我猜想你的声音是实质性的声音

广场上,孩子们交叉跑动
你必将和他们在一起
不为我或者谁的耳朵
永远不对着它们小声地唱
这支歌

艺术家的大手

艺术家有一双工匠般的大手
用来抚摸他制作的一切

因无处躲藏而感到羞愧
或出现在你的面前跃跃欲试

发红的大手闲置在那里
冬天,艺术家在他的长沙发上翻身
阳光照在一边的画上

艺术家有一双巨大的球鞋
和用来喝水的很小的杯子

他已画完了冬天的风景
把最后的多余的那笔抹在了窗户上

于是出现了众多的自以为是的星星
和并不存在的荡妇的眼睛

但是,他太疲倦了
现在他要像胎儿那样蜷曲起来
然后用他的大手把自己盖好

二十年前剪枝季节的一个下午

我想否认那孩子是我
我想否认那孩子的耻辱
是我的耻辱
在更隐秘的感情中
我想用那孩子的手
再一次牵动母亲的衣角
那孩子站在树下看着高高的树顶
他看着母亲看着的方向
他还注意到梯子,担心它倒下
在一个从未到过的院子里
由于他的原因母亲开始和一个人争吵
为什么要看着树?不是有偷水果的劣迹
为什么要看着树?在剪枝的季节里
一个人巧妙地藏身于树间
陌生的院子里孩子只感到刺目的阳光
树枝丢落在地,这也使他惊奇
喀嚓喀嚓喀嚓,那人的大剪刀
孩子的目光怎么也无法从上面移开
现在我健壮得足以攀登任何一棵那样的树
现在我可以轻松地打掉那树上所有的树叶
我可以扛走梯子
可以这样也可以那样
现在那人已从天上消失
母亲和我仍那样站着

一堆乱石中的一个人

一堆乱石中的一个人。一个
这样的人,这样的一堆乱石

爬行者,紧贴地面的人
缓慢移动甚至不动的蜥蜴

乱石间时而跳跃的运动员,或是
石块上面降落的石块

不是一面围墙下的那个人
整齐而规则的砖缝前面的那个人

当我们注视时停止在那里
把一块石头的温度传递给另一块石头

它的形状是六块相互重叠的石头
现在,渴求雨水似的爬到了
画面的上方

墙壁下的人

一面墙壁下的一个人
一面有着整齐的砖缝的墙壁下的那个人
站着不动
阳光也不能使他歪斜
因为影子在他与墙壁之间
并不妨碍他的后背紧贴墙壁
就像有钉子穿过他的身体钉入
从纵面我们只看见墙壁
从那里看去并没有任何东西凸现出来
从正面看他是墙壁下唯一的东西
他笑或者微笑都是这样
如果墙壁倒塌他也一定破碎
如果墙壁飞起他只需躺着
他甚至不是画在墙壁上的那个人
到墙壁的距离前胸比后背更近
他只看见你他不知身后有墙壁

草原

远离所有的地方远离议论的中心
这辆马车已深入草原
它是草原的天空下唯一异样的东西
摇晃着轮子滚过一个土块把它压碎
倾斜了又恢复正常
总以为它向前由于车辙在马车的后方出现
一只鸟儿站在磨平的车轮上不时交换着它的脚
又从那里跳上马背向上踱上马头站稳
牧草茂盛的地方只看见马头在上面起伏
而马车已深入草原的腹地无力穿越或者回来
所以它总会停下
下雨时车厢里盛不住雨水在烈日当空的正午也不会
燃烧
那赶车的或坐车的一觉后醒来
仍然是这片草原

画面

就这样独处一室
每件东西都突出在他的眼前
坚硬的独立的各就各位
精心安排像在一个展厅
大门已经关上窗户也已落下
留在这里只是面面相对
只有移动自己才能使它们活跃起来
如果中途停止沉默便是尾声
不带阴影的物体没有回声的脚步
虽被照亮但不闪烁一只手伸开忘记了合拢
大声地说就是不出声
高潮还将持续下去或是低潮
看不见那根动人的曲线
平平的均匀的分散的
不是一下子被干掉而是在整个夜晚稀释
轮廓最先瓦解绝不飘然而去
他把四肢看成与环境相容的东西
摆弄它欣赏它在它的前面有一些物件
在它的后面也有一些
在地板上缓缓摔倒又从那里逐渐上升
其间没有片刻的停顿没有疼痛

大地上

大地上只有两个人的时代
或者稍后大地上的人类仍然稀疏
生长在山谷间而让另一些山谷空着
每一次都发现北方以北
南方等于时间概念昨天
我赶着一头牛在走耕作也是旅行
我去别人的田地上收获
庄稼不分彼此也没有标记
那时候的每一根光线都不弯曲
牵动下巴使我们向往天上的事物
离战争还有一万年末日还有两万年
我在大地上行走跟着牛不超前

一种黑暗

我注意到林子里的黑暗

有差别的黑暗

广场一样的黑暗在树林中

四个人向四个方向走去造成的黑暗

在树木中间但不是树木内部的黑暗

向上升起扩展到整个天空的黑暗

不是地下的岩石不分彼此的黑暗

使千里之外的灯光分散平均

减弱到最低限度的黑暗

经过一万棵树的转折没有消失的黑暗

有一种黑暗在时间中禁止我们入内

如果你伸出一只手搅动它就是

巨大的玻璃杯中的黑暗

我注意到林子里的黑暗虽然我不在林中

远征

远征是从一个地方到另一个地方
首先是路途的遥远
是走停返回终于又远去
地图上的曲线实际上更多的弯曲
从画面上最后消失的是一阵尘埃
扬起落下后来的时间更长
阳光一万倍地照耀大地
一千米的沟壑也清晰可见
把尸体置于你追踪不到的地方
这支远征或逃亡的人马
是一首英雄史诗的全部角色

天亮以前

不大的山少量的雪
天亮以前仅有的一切
下来再也不能上去
我们从山上雪从天上
少量的雪足以覆盖不大的小山
我们看时它已经在那里
现在是整个山头的形状
和下雪以前没有什么不同
孤立的银色等待着
汽车的前灯把它照亮

飞盘

一只圆盘从他的手中飞出
一只圆盘不断地像无数只圆盘
从他的手中平缓地飞出
绕过我到达你的身后
在捡起以前又向上飞行
越过了更高的高度突然跌落
这一次需要你找到它
草丛中拒不回答的是这只圆盘

升降翻转,它将飞得更好
即使是最后一次也还有一次
看不见接放的人只看见他们脚下的黑暗
当他放出一只圆盘当他还没有收到
只有名字还跟着圆盘来回
贺奕姜雷
像依稀的光斑一举飞越草坪

水渠

开凿一条水渠
晚景中,河岸是新的
没有草皮覆盖
根也不把它抓牢
一些沙砾还在滚动
从斜坡上,落水无声

窄小不能让船经过
但已挡住了小伙子们的一跃
水虽浅,已构成镜面
在各种虫子、飞鸟到来以前
没有鱼和多余的气泡
没有人打算架桥

笔直的水渠是大地上
简单而朴素的事物
两小时以前
我叔叔的铁锹在土上拍打
他要计算土方和体会快感

三月的书

整个三月我都在读一本书
窗外的吊塔竖起来了,并开始工作
在夜里,我赶回我的住所
其他的人和事,以被经过的耐心
留在原地。夜晚我读书。工地日夜不停
白天我读书,夹着书本来到
三月即将结束的地方
一块即将或已经泛绿的新生的草坪
我以书中的一个章节结束一天
打开的书以正在阅读的一页向阳
整个三月,工地日夜不停
让我们向往四月的大厦
而书中已预言了它十六种方式的倒塌
我怎样焦急而满怀希望地带着一本书
从一个地方到另一个地方
我在岩石上、山坡上、大厦的台阶上
大部分时间在我的住所
读过了最后的死亡的篇章
蒸汽锤自上而下,随后到来的是春天的雷声

三月到四月

三月到四月
我记得你多次离开
船头离开了原来的水面
船尾压平涌起的浪
又激起另一些

五月,我的房屋
就要从水上漂走
像一根断木或新枝
我们中的一个将成为
另一个离去的标志

或许不动的是我
在听觉的时间中
我已固定了多年
岛上垂下折断的枝条
抓住你后又被水流带走

回想四月,我怎样沉浸于
绿色的水域,观察
某种发光物的游动
你的闪烁带给我熄灭后的黑暗

我已被水击伤

六月前面是更开阔的海洋
我只能从星辰的高度爱你
像月亮爱下面最小的船只
一去不返但始终是
海洋上的船只

今天

今天以及类似的情形
桌子、床之间一个人用他的腿站立
已定的时间中我和我碰面
镜子如此荒凉,没有深度
越过平滑而清晰的界线
所有包含感情的事物都已屈服
有一架机器在脑内讲述着事件的全部细节
精确、冷静像刮去门牙上的珐琅质
我一个人,但并不完整
伤残者那样空虚
我在断臂的位置上意识到断臂
实在的手触碰杯子的形象,形象而已
液体流过植物的内部或花茎
空白有五十个足球场那么大
也可以缩小为一个洞眼
黑暗仅是一张疏忽的网
压根儿不存在捕获的目的
单单是为了泄漏
我孤立于自己的表面
众多的脚在玻璃上打滑
巨大的清醒的玻璃和打滑摔倒的声音

潮湿

潮湿的夜在森林附近
我打开河蚌中的灯
打嗝的声音从听筒的一头传来
也是刚才电话发出的声音
水雾比烟更稳定
眼睛因此低垂
铁在生锈,木头在腐烂
肉被泡得发白
我甚至翻不动一页书
海绵再也不能吸收
每只碗都满了
悲痛的时候从眉梢往下滴水
我的每片指甲都在出汗
消息像一只飞不动的鸟
翅膀一直触到淤泥
而灯光使我联想起某个部位的
普通红肿

只此一次

我被搁置在那里
和所有无关之物构成你以外的风景
贫乏、古怪、自作多情
我不被自己的心愿理睬
也不为世界的苦难所动
我站着,如一棵树的自我认识
最好的泉水在地理上远离
幻想的倒影在一阵风中破碎
僵硬的形象又回到我身上
我像一块尖锐的石头生长在自己的心中
或阳光下包含可笑欲望的事物
鸭子们要泅水,而我要恋爱
南方的花园里夜夜鲜花盛开
季节使万物收获,也使它们夭折
可怕的力量从你经过的地方抬头
只此一次,我一生的努力全部报废

城墙上

起风的时候我们恰好在平台上
或者这城楼千年以前就建于风口
高空的这阵风围绕着廊柱
使你的肉体无法在领口躲藏

既孤弱又愉快
像我用手按住的这张白纸
你抱着自己的胳膊,一个
容易患感冒的孩子
最轻柔的风也是一次冒险

我就这样沿着台阶故意把你领上来
选择两把紧靠栏杆的靠椅
我使你有生病的可能、掉下去的危险
操纵城砖、钩云和四个方向的风
如果你一直和我待到晚上
我还会为此放出布袋中的月亮

焰火

我向你指出这年老的妇人是我母亲
在节日之夜我们留下她去观看焰火
高高的楼顶上看见了被照亮的一切
而她已在电视机前睡着,膝上甚至没有一只猫
我向你指出她曾怀抱婴儿,搂得并不紧
留下适当的空间让我长大
我向你证明我怎样善于拥抱,温柔体贴
甚至能让你毫无风险地从平台上飞起
就像美丽的焰火在我母亲的窗口起落
而她抱着我塞给她的毯子,梦见了一个
远为灿烂的时代,英雄辈出
我的父亲是真正伟大的情人

牧草

她坚持用她的腿走了
或许是我从远处所见的最为正当的事物
身后的大门仓库一样关闭了
影子一味向前投向不包含我的旷野

谁曾以等待火车的心情坐在这里?
在到达下一站的时间里急切地准备行囊
更多的时候是旅途中通常的沉默
她的德性令人叫绝

何处找回一个开头?
或用疲惫的身体响应仍处于兴奋中的大脑
一个呆板的事实有着削平的两面
一块四方的砖六面拥挤一堆泥沙

她走了,带动房屋所在的地面
我若不作为一块石头砸着另一块石头
就将永远悬浮,在倒置的黑暗中
压伏那些拼命升高的牧草

奇怪之处

在冬天她常常把手割破
被纸、枯叶或空气
或灰尘或水滴或一切不可能的东西
在毫无知觉的情况下
有什么变得尖锐起来
在触碰以前就已受伤
当她把手伸向冬天想象的火焰

她的头骨会突然作响
像她十指的关节
一只拳头突然握紧
在冬天课间的阳光下
最要好的同学也没有察觉
甚至只能一下,以后再也没有
你无法让她在其他场合加以验证

而恋爱时她只用到心或肝
和她的手指以及脑袋完全无关

雨衣、烟盒、自行车

我的雨衣在一场大雨之后丢了
它夹在自行车后
和一盒烟紧挨在一起
当我穿过夏天的雷雨
来不及穿上它
或已到了每年的十二月
雨以雪的方式降落
我的领口收集白色晶莹的粉末
以及最后一张枯叶
雨衣淋湿后被冻成一团
它落地时声音像一只木桶
完全不是雨衣应该发出的
因此我没有回头张望
以为有人从一个街角
向我扔出袭击的砖块
因此我骑得飞快
多么关键的十二月
我正拼命地把自己送过
新年的门槛
而我的雨衣丢了
被风扯住袖子
像我在慌乱之中挣脱的

或顺着金属支架滑下
在一次全面的颠簸中
我骑过了崎岖不平的路面
随后一切平静了
在前方大雪已铺成白色的地毯
而我有一盒烟
可以在运动以后享受

女声合唱

她要唱一支歌
不让墙壁送回耳朵
也不是在接吻的间歇
今晚她要登台
面对更多的听众
但我知道她藏身的合唱队
比任何角落都要安全

她唱歌,在夜色深处
而声音继续限制在嗓眼
风中垂直的事物更为有力
缄默在这里多么嘹亮!

三个美丽的同伴像她
协调一致的手脚
灯光变幻出投影
四处走动
如果要分辨她的声音
必须首先找到她的嘴唇

她要唱的这支歌课文一样通顺
所习惯的表情也像一个好学生

只是在最后一刻
(为什么?)
改变了歌词
空白或最轻微的惊吓

自然现象

我没有种植并护理某丛特定的蜡梅
我没有期待今年并且今天黄色的小花
我既不了解去某处园林的另一条路径
也无须发现高度最恰当的天赐的枝条
再说我也没有一把可以藏在衣襟下面的剪刀
机遇不允许我体会翻墙而过时奇妙的自我惊吓
不知道一处缺口一截篱笆,也许是一条水沟
我没有听见果断的一声"喀嚓"
甚至在她到来时我的预感也没能越过一扇门板
蜡梅来自冬天的早晨,以及随后降临的雪片
都是一种自然现象

讲述

他们各自说出一段经历
在酒宴上寻找相似的事物
两只或更多同样的酒杯
被握在交谈者的手中
需要验证的是红与深红

友情或言辞中的抚摸
从事物的头颈、脊背
直到它完美的尾部
更高明的讲述者接触了它的肚腹
完成于一只坚定的兽爪

而花纹中没有明确的形象
另一个时空中也没有讲述者
更大的丛林隐藏着藏身的丛林
当他终于说出
只听见喉音或腹语

记忆

一只橘子
在一只衣袋中
隐藏

一个名字
和一种水果
并列,等于
一种容貌

一个女人
把一只橘子
从一只衣袋
移入
一个胃

一棵橘树
脱离了所有的果实
停留在
一扇窗前

翻译歌词

她为我翻译歌词
理解,加入一个声音
我有一个重复的印象
如果是愿望就是永远
永远出现,相互寻找的话语
部分重叠的羽毛
这里,或是那里
总是在倾听
只是在这里
倾听或是诉说
声音之后的听觉
改变以后的到达
空白在旋律之间
结束时相应的沉默
她为我翻译歌词
在时间中成为自己的作品
"爱是需要,需要被爱……"

甲乙

甲乙两人分别从床的两边下床
甲在系鞋带。背对着他的乙也在系鞋带
甲的前面是一扇窗户,因此他看见了街景
和一根横过来的树枝。树身被墙挡住了
因此他只好从刚要被挡住的地方往回看
树枝,越来越细,直到末梢
离另一边的墙,还有好大一截
空着,什么也没有,没有树枝、街景
也许仅仅是天空。甲再(第二次)往回看
头向左移了五厘米,或向前
也移了五厘米,或向左的同时也向前
移了五厘米,总之是为了看得更多
更多的树枝,更少的空白。左眼比右眼
看得更多。它们之间的距离是三厘米
但多看见的树枝却不止三厘米
他(甲)以这样的差距再看街景
闭上左眼,然后闭上右眼睁开左眼
然后再闭上左眼。到目前为止两只眼睛
都已闭上。甲什么也不看。甲系鞋带的时候
不用看,不用看自己的脚,先左后右
两只都已系好了。四岁时就已经学会
五岁时受到表扬,六岁已很熟练

七岁感到厌烦,七岁以后还是厌烦
这是甲七岁以后的某一天,三十岁的某一天或
七十岁的某一天,他仍能弯腰系自己的鞋带
只是把乙忽略得太久了。这是我们
(首先是我们)与甲一起犯下的错误
她(乙)从另一边下床,面对一只碗柜
隔着玻璃或纱窗看见了甲所没有看见的餐具
当乙系好鞋带起立,流下了本属于甲的精液

交谈

"我要挽着你,另一边
挽着我爸爸。当然
我会在挽着你的那边
加重分量,暗暗地。"

"我相信有这么一天
我和另一个男人走在一起
靠着的肩膀像门的两扇
关闭、开启,使你
时隐时现。"

一只手来自她身体的方向
隐喻的关系就像树枝和树身
向上要求雨水、阳光
同时用根把泥土抓牢

比如

在你的床上睡觉不梦见你
和你熟悉的人交谈不提及你
进入你的校园回避你

在你来信的日子不走近信箱
被欲望左右的时候另有高尚的借口
爱上你的敌人，诋毁你的姐妹

在你也想到时我改变题目
需要回答时颠倒词序
还有一部分不能看也不能听

雾

雾从四面压迫一所房屋
给它一条缝
进来,贴地面爬行
在两墙相交的地方汇合、上升
掩去天花,从里向外
推倒四壁
持灯者的手消失
而灯光测不准他居所的深度
与此同时别处的雾消散
就像被收回这屋中

夜风

电影开始了,光柱
把道路投向虚无

遮住了那些弱光
星星和云朵

城市,有人从远处
看见它映红的洞口

而在外面的街上,只有警察
田间只有草人

罪犯享有黑夜
用黑血涂抹大地

腥风预告了危险
我们在灯下与其搏斗

沉入内心的两个对手
在黑箱里完成了动作

爱的旅行

男人背着干粮
女人背着衣服
他们旅行
要走很远的路

在车厢里相识
在车站分手
分别从两边的车窗
完成了平原的图画

火车经过隧道——
象征的黑夜
隧道之间的白天也是象征的
他们经过日日夜夜

座位上简约的一生
车轮在加速
从五百万分之一的地图上寻找
爱的目的地

也有人永远孤独
梦的蝴蝶带着他离开
又从后面的车窗进来
经过了铁路以北开花的原野

十月

谁限制了你的美丽
谁刻画了灿烂的条纹
谁在经过——
仅仅经过

铁栅后面医院的白墙肃穆
等待探视的季节漫长
谁正在成为背影
轮廓在沉思中瓦解

谁的梦没有主人
谁就不再醒来
你在凋零时凋零
你在盛开时无言

十二月

在太阳和风中眯起眼睛
在城和石头间慢慢地走
远处大山的褶皱像脸
房屋和人家,并非两种可能的事物
十二月的果摊仍然火红!
这个季节,头顶白毛的谦逊最相宜

华灯初上

我滞留在四壁的阴影里不点灯
眼睛张开窗户张开。我吐出
对面大楼上的灯火,我叙述
灿烂火红的夜晚。你神奇深奥的喷火者
我是我的提着红色灭火器的虚无的消防队员

夜游

垃圾旋转着舞蹈
风的琴弓拉响粗电线
项圈上的银铃
比白狗跑下去更远

乌云在无人仰望的情况下
做着鬼脸。蛀虫在衣橱里
大吃线团。车灯银色的针头
给树干注入梦液

夜游者向着街道那边的空无讲话
并和影子携手翻越屋顶的波浪
在街口遇见邮筒——唯一的绿衣人
烟囱饲养的黑鸟延误黎明

邂逅

每日邂逅在这固定不变的城市
最轻的空气把我们压在椅子上
钟面的指针射入对方的墙壁
虚无的灯光里,扁平的疼痛!

怀疑的蛀虫咬噬我的呢大衣
物质的魔鬼逐渐由微笑转入大笑
夜晚的柏油滴落
粘住凝望的睫毛

追悼

骨灰在地下已结成煤饼
白云的眼窝从山坡上张望
在石碑中,并不要求最美
受压迫——大官权威的坟茔庞大
烈士墓前的青松翠绿
山下前世的生活在骷髅的暗盒里成像
夏夜的情侣携手同来,淫荡的歌声
与死者的流萤同在
一只热血的地鼠访问小木盒
冷艳的毒蛇守卫侧畔
蚯蚓大师以死亡分裂生命,讲解《食土篇》
荒草中不起眼的坟冢像生前小小的害羞的乳房
和巨乳肉袋一起献给上面永恒的天空
她骨灰的煤饼燃烧新鬼的美色,三年了——
因乳腺癌割去的双乳弥补于一座荒坟

打鸟的人

竹林里栖息一万只小鸟
打鸟人只射最外围的
昏睡的打鸟人,从不被自己的枪声惊醒
梦中的影子捡拾土地的余温
脚边的塑料袋被猎物撑得发亮
像一只体外的胃那样满足
准星后独眼人具有的怨恨
是另一只眼睛被鹰隼啄食
他每天都来,定时收获
就像麻雀原本长在竹枝上
他用枪管和铅弹够落
同时带下竹叶片片
竹林的黑暗里不呈现恶狼的形象
打鸟的乐趣中也不包含冒险
枪声过后是冬日黄昏的哀伤
雪花飘落最细小的羽毛
像鸟儿入林,他也要赶很远的路
回到自己的家,回到
麻雀汤的晚餐和乌鸦肉的夜晚

美国之音

美国之音的报道具有惊人的连续性
世界就像一个逻辑的大家庭
不多的人物和有限的事件,压抑着
更多的人物和事件汹涌的江河

母亲养成了临睡前收听的习惯
她的天线竖起,世界就是一个被倾听的故事
而我更关心她年轻时的想法、兴趣的变化
——世界连续性的又一例

一刻钟

隔着一张发亮的桌子坐在九三年的窗口
下巴上涂着肥皂泡
白色的罩单掖进了领口
理发师微凉的剃刀拍打我的脸颊

在那宝座般高高的椅子上
凝视权威的胡须和戴围兜的统治者的肖像
逐渐形成了钟面
心醉神迷的一刻钟

致丁当

多年以前,我的朋友去了南方
瞧,这个南方的北方佬怎样
适应生活。飞机飞过了天上的雪
我的朋友,再次飞过了
大地上新婚的屋顶
"如果撞弯了谁家的烟囱,
就抱着烟囱一块儿飞。"
——他不朽的南方生活经验之谈

我的朋友,在佛山给我打电话——
出于对速度的憎恨
"要么用最漫长的一生,步行,像你
要么最快,从甲地到乙地就像
我本来就在乙地。"

依赖于从女人身上获得的光滑、无阻力
噢,那深渊边的悬崖充满皮肤和茅草的快感

慢一点,我的朋友
从北方到南方,像鸟儿可能的迁徙
也可以是几代人艰辛的移民

苏州
　　——大厂（给朱文）

这是驶往苏州的火车——我知道
它不会出轨。这是
短途旅行产生的疾风，我知道
身边的朋友不会丢失

仿佛是铁马犁过荒地
苏州的郊外竟闪耀着积雪！
也许，这就是对季节的信任
单纯的人在旅行中变老

这也是我对你生病的解释
在大厂，远离写作的朋友和苏州
你和你的疾病在一起，恍惚间
旅行到了一个类似于江南的地方

来自大连的电话

一个来自大连的电话,她也不是
我昔日的情人。没有目的。电话
仅在叙述自己的号码。一个女人
让我回忆起三年前流行的一种容貌

刚刚结婚,在飘满油漆味儿的新房
正适应和那些庄严的家具在一起
(包括一部亲自选购的电话)
也许是出于好奇——像年轻的母猫
她在摆弄丈夫财产的同时,意外
拨通了我的电话

大连古老的海浪是否在她的窗前?
是否有一块当年的礁石仍在坚持
感人的形象?多年以后——不会太久
如果仍有那来自中年的电话,她一定
学会了生活。三十年后
只有波涛,在我的右耳
我甚至听不见她粗重的海象的呼吸

冬天的荒唐景色

这是冬天的荒唐景色
这是中国的罗马大街
太阳的钥匙圈还别在腰上
霞光已打开了白天的门

这是炭条画出的树枝
被再次烧成了炭条
这是雪地赠与的白纸
还是画上雪地

瞧，汽车在表达个性
商店在拍卖自己
梧桐播撒黄叶，一个淮阴人
日夜思念着巴黎

垃圾上升起了狼烟
大厦雾霭般飘移
而人与兽，在争夺
本属于兽的毛皮

这是南方的北方寒冬
这是毛巾变硬的室内
这并不是电脑病毒的冬眠期
不过是思之花萎缩的几日

猫的追悼

我们埋葬了猫。我们
埋葬了猫的姐妹
我们倒空了纸袋
我们播撒尘埃

我们带着铁铲
走上秋天的山
我们搬运石头并
取悦于太阳

我们旅行
走进和平商场
进一步来到腌腊品柜台
在买卖中有一只死猫

我们在通信中告知你这一消息
我们夸大了死亡,当我们
有了这样的认识
我们已经痊愈

三轮车工人

拉我的是最后的那批三轮车工人
极其炫耀地出没在街头

拉我的都是七十五岁以上的老爷爷
拉我,还有我众多的女友

像所说的那样:把车拉进坟墓
有病,但不是要人伺候的那种

在城里寻找他凋零的伙计
带着他的车,便有了充分的理由

像养鸟人带着他们金属的鸟笼
便有了充分的理由

他拉着我 —— 一只足够珍稀的鸟儿
错过又一次雌雄的姻缘,濒于灭绝

一道边门

当我从军区总院经过
寂静的墙上隐匿着一道边门
落叶聚集,门锁生锈
死神的力量使它悄然开启

运尸的车辆缓缓驶出
死者的亲属呼号着奔跑
谁为他们准备了孝章和白帽
又折断花朵为季节陪葬

那穿白衣的医生缄默不语
他信仰医疗过程的唯一结局
夸耀院墙内巍峨的主楼
指尖隔着橡皮把我的心脏触摸

我和我的病友曾经康复
腹腔空空,以为摘除了死亡
他为我们换上动物的内脏、死囚的睾丸
是我们活着,抑或是那些器官?

不用怀疑,我们仍待在原地
在上班拥挤的高峰时间

唯有运尸中巴上的座位尚有空余
唯有那神秘的司机最有耐心

他先运走医生,再运走牧师
让一位百岁寿星哀悼早夭的婴儿
最后他运走了自己
最后他解决了问题

当我从军区总院经过
寂静的墙上隐匿着一道边门
落叶聚集,门锁生锈
死神的力量使它悄然开启

夜航

和做服装生意的朋友一起旅行
他去进货,我参加一个文学会议
穿过夜晚的停机坪
我们走向那架童年的飞机

夜航,轻微的振动,有如摇篮
舷窗如同一块黑板
乡村的孩子涂抹星星
此刻我们在云层里或波涛下
空姐的微笑在一本画册上

丁零,并非上课的铃声
却降下柔和的阅读灯光
守纪律的孩子将自己束在座椅上
分发食物,在更遥远的托儿所
稍后的寄宿生活里一片咀嚼之声

我的左耳疼痛,拒绝听讲的报应
波及脑袋,对政治的厌烦
而现在我们脱离了家长
自作主张,把前途交付给
一次危险的大人的游戏

让我们信任那物理课的高才生吧!
当年,那数学第一的为我们购买了保险
那身体轻盈犹如一张纸片的
正带着我们一起飞
后来做了我们忠实妻子的
还在我们高傲的俯视的下面

广州,炎热而陌生的异地
当年的同学迎接我
他是救护队员,今晚空闲
他和我们一起遗忘了那架飞机

横渡伶仃洋

对历史无知者横渡现实之伶仃洋
会使你晕船,在教科书以外
船尾的飞沫像白孔雀尾巴盛开
曹辉的午饭在他的腹中剧烈地翻滚
而一片白色的药片使我的心平静
中间状态的人在舱内昏睡
马达均匀的轰鸣外套古老的涛声
我们的船抚摸着伶仃洋、切开了伶仃洋
浸入其中,漫溢出的海水将两岸淹没
从荒凉的海上驶向未来的城
蛇口的楼影像朝阳升起

从珠海到深圳
液体、柔软的路和移动的坟
有时候我们停在它的中间
不离一个地方更远或者更近
我们扩展了它但无法结束它
在鱼和水兽的家里
并无理地立于那里的屋顶
我想到了死,但不是认真的
我的思想更倾向于两小时以后的宴会
所有晕眩的印象都将被抹掉

只留下"伶仃"二字敲击着碗盏

此外,我记得特殊环境中与
张文娟小姐唯一的私人接触——
给了她一枚白色的药片
但不是递与床头我妻子避孕的那枚
("避晕"而非"避孕")
她接过,咽得也勉强
因为她的胃正呼应着伶仃洋
不像我那么敏感,但有
更值得纠正的痛苦表情
她的红西服也蒙尘、起皱
并手握相当粗的铁管栏杆进入了底舱
哈,白茫茫的伶仃洋也不是爱情的海洋!

读《翟永明诗集》并致翟永明

一

关于一本诗集
跨越了十年时间
它的作者到过世界各地
而精神领域更不可限量
她以她独特的形象聚焦
真准哪,她丈量的时空凝成
一块砖头,飞入我的书架
但我不能结束你,这是真的
"翟永明·新女性"——
书的结尾我不愿这么说

二

我知道你的眼睛很大
他们告诉我:像一个精神病患者
我知道多年来你的体重不增也不减
这是奇怪的,也是恰当的
你手指的骨节像劳动妇女
请不要把它们藏在衣袋里

你变化不定的时装之于内心的《静安庄》
你的《女人》以及你的男相
祖籍河南但不是荷兰鹿特丹
我知道,少女的羽佳也不能概括翟永明

三

我想我不会读完,只满足对此人的了解
她的寄赠也出于礼节,如何评价无妨
对自己也恭谦有礼,于是印了这本诗集
对时光有所交代,但不总结
需要一定的厚度、优良的纸张
在装帧上或可别出心裁
平整的封面和孤立的姿势
就像山坡上的一块新碑
一支哀婉的歌在诗集以外
又像从魔术箱中拉出了那些红绸

小姐

她的衣服从来不换。
我注意到,它是美丽的、肮脏的,
它是表姐的。
穷人无二件。

我注意到她身处的店堂、我们分属的阶级,
而性的微尘无理智地来往。
裸体的必要,比穿衣打扮更简单。
服饰比身体更令人羞愧,是可能的。

"小姐,你的穷
是空缺的财富。
你的空虚很实在,脸蛋儿被油腻衬托得更美。"

她的青春在搬动桌椅中度过一年。

抚摸

我们相互抚摸着度过了一夜
没有做爱,没有相互抵达
只是抚摸着,至少有三十遍吧?
我熟悉的是你的那件衣服
一遍一遍地抚摸着一件衣服
真的,它比皮肤更令我感动
情欲在抚摸中慢慢地产生
在抚摸中平息
这赤裸的爱,它的热烈无人理解
衣服像影子一样隔在我们中间
在宽大的床上渐渐起皱
又被我温热的手最后熨平

一个吸烟的姿势

这是因为思念,还是思念一个人?
再次见面后我记住了一个女人吸烟的姿势
我记住了那手势,手指的捻动和动作
两根手指间那支细长的香烟
被燃尽,那烟雾
和男人们的混合在一起
烟味儿掩盖了脂粉和香水
像炊烟般温暖,使我想家
像灵魂那样上升,笔直
那样蓝,而我们从鼻孔中喷出的
却呈灰白
长长的指甲,动物的爪
一点区别所需的红色
而你的手指洁净,或想象中的洁净
那烟熏的微黄——
无意间的损害而非故意炫耀
你吸烟,烟雾流动的动人的面纱呀
完全出于对吸烟者观看的需要
吸烟者、手指和香烟,微妙明亮的火苗,凑近,瞬间熄灭的脸
观看着,思想着,说着另外的话
思念着,印证着思念
我们摸索着同一盒香烟,请记住那性命攸关的禁忌吧:
你们不得彼此吸食!

微笑

今晚我穿过城市
在一辆出租车上看见美丽的灯光
看见黑暗的衬里附近皮肤的闪烁
每个女人都很美丽,神秘的微笑
映在我的脸上,成为我的微笑

火车

火车从很远的地方经过
你曾是那坐在车厢里的孩子
远离我所在的城市,或者回来
在黑夜阻隔的途中

我也曾靠在床头
等待着你的归来
你也曾向你的父母告假
那假期多长多甜蜜!

有时我多么想驶近你
只因受到车轮滚动的激励
一阵风自远方吹起在远方平息
猛烈的汽笛终于变成了柔和的炊烟
飘向我

当火车从远方经过
因为遥远所以蜿蜒
因为黑夜所以动听
因为你,使我看见了良辰美景

美好的日子

美好的日子里吹来一阵风
像春风一样和煦,它就是春天的风
还有温暖的阳光,一起改变了我
使我柔软、善感,迷失了坚定的方向

严酷的思想产生于寒冷的季节
平静的水面凝成自我的坚冰
大街上我感到眼眶潮湿
灵魂的融化已经开始

像河蚌从它的盔甲里探出身来
我变得这样渺小、低等,几近于草木
一阵春风的吹拂下我就像我的躯壳
我爱另一些躯壳——美丽的躯壳

多么冷静

多么冷静
有时我也为之悲伤不已
一个人的远离
一个人的死
离开我们的两种方式
破坏我们感情生活的圆满性
一些相对而言的歧途
是他们理解的归宿
只是他们的名字遗落在我们中间
像这个春天必然的降临

交谈

你对我说过一些话
用深情而缓慢的语调
你对我说起对另一个人的爱
当他不在场的时候
没有丝毫的贬损
你的赞美令我犹疑
你总结说：那属于往事

缓慢而深情
流水之于圆石
边思索边讲述
恢复了往日的明月
灯光也比今天明亮
他也曾坐在你的对面
不同的是你们在畅谈未来
他自信地说：至少我们拥有现在

我的经历中没有什么高尚的事情
只是经过了腥风血雨
我只是经历了经历
但愿能用数量与你交换
一个贫乏者出卖他的见多识广

也许你还喜欢这些奇闻
但不要因恐惧退缩
我默默地盼望：有一个和你的未来

对话

"你不会出家当和尚吧?
未来的一天我会去找你
你不会拒绝相认吧?"
女郎戏言挽留我:"还是别去吧!"

"我从未想过此去的前途
可我希望你来找我
如果这是我们相认的条件
那就在行走的路上建一座庙宇吧!"

白云的山腰,青青的野草
山下走来了我的女郎
寺院以拒绝的姿势等待着
孤立的塔身也为之弯垂

"你知道在哪里才能找到我
在高耸的电视塔之东"
让我这样对你说:"与永恒的追求相比
实际上我只要你。"

在深圳……

在深圳,他们谈论着物质
有一种隐约的兴奋,隐约的意义
房子、车,在那里是不同的
做事在那里是美德本身
高大的物质结构,细微的物质流体
供观赏和呼吸,必需品和奢侈品
"每一件作品都有它实用的价值
每一个面,每一个细节……"
无用者最后被精神所利用

片章

我多么爱你
因痛苦而变得有强度
就像白天把夜晚容纳进来
就像一支白色的粉笔在黑板上写字
我爱你属于我和不属于我的部分
我爱你爱我和不爱我的时刻
我的爱比我更早地到来
当我不存在的时候我借着别人爱你
我爱你的爸爸、奶奶，我爱你旧日的情人
他们反对我又帮助我，毁灭我又诞生我
使你的离去变成归来

*

我的头脑在某个地方睡不着
所以我认为自己总是醒着
我认为你来到了我的怀抱
我用我身体的感觉和空气欺骗了我自己
我将我的手伸给你，却被睡梦接收了
所以我愿意在醒着的时候睡去

*

昨天是水,今天是电
它们出了问题
而我是完好的
水管可以被修复,电,自动会来
而我的完好何时破裂?

    *

只要世界足够宽广
她走到天边也会回来
归来的道路是短暂的,速度像闪电
而撞击多么猛烈
快乐如同针尖插在心脏上
她归来,离去
离去,归来
飞鸟在风中放纵
反复确认着墓地和家园

机场的黑暗

温柔的时代过去了,今天
我面临机场的黑暗
繁忙的天空消失了,孤独的大雾
在溧阳生成
我走在大地坚硬的外壳上
几何的荒凉犹如
否定往事的理性
弥漫的大雾追随我
有如遗忘
近在咫尺的亲爱者或唯一的陌生人

热情的时代过去了,毁灭
被形容成最不恰当的愚蠢
成熟的人需要平安地生活
完美的肉体升空、远去
而卑微的灵魂匍匐在地面上
在水泥的跑道上规则地盛开
雾中的陌生人是我唯一的亲爱者

爸爸在天上看我

九五年夏至那天爸爸在天上看我
老方说他在为我担心
爸爸,我无法看见你的目光
但能回想起你的预言
现在已经是九七年了,爸爸
夏至已经过去,天气也已转凉
你担心的灾难已经来过了,起了作用
我因为爱而不能回避,爸爸,就像你
为了爱我从死亡的沉默中苏醒,并借助于通灵的老方
我因为爱被杀身死,变成了一具行尸走肉
再也回不到九五年的夏至了——那充满希望的日子
爸爸,只有你知道,我的希望不过是一场灾难
这会儿我仿佛看见了你的目光,像冻结的雨
爸爸,你在哀悼我吗?

奔忙

她在为一个人奔忙
在商场里为他挑选袜子、衬衫
她不知道这个人的相貌
只凭借他的只言片语

她打扫他将入住的房间
想象与此人共处花前月下
然后等待秋天的回访
把一生交给这姓名下的虚无

她所做的都很具体,甚至琐碎
努力修饰、补充
就像一句仔细推敲的上联
寻找工整对仗的下联

哦,她的温柔蜜意先于他的出现
大胆的投入成为名副其实的冒险
有关他的梦可能是梦中之梦
美好的趋近突然间无限遥远

消息

听说,她要走了
我在想,这对我
不意味任何东西
我们早在三年前就分手了
两年之内没再见面

我曾经狂热地爱过她
像一朵乱抖的火苗
现在,触摸这些往事的灰烬
我只感到指尖的温暖

当我们最后一次做爱
谁都不知道那是最后的
也许,这也不是最后的消息
最后的消息
已经来过了

讲述

不渴望爱情
也不渴望其他
也不以不渴望的方式渴望着
请听幻灭者那平静的讲述

讲述我们都是尘埃
单独的和堆积成山的
幽灵般漂浮不定的和
嵌入眼目中坚硬的

一阵风把我们吹起来
然后落下
爱恋就是这阵风
它吹拂着、吹拂着这唯一的世界

创造了我们的生命
创造了我们的尸体
它创造了幻灭正确的景观
以及讲述者深长的呼吸

善始善终

从床上开始的人生
在一张床上结束
尽量长久地呆在床上
尽管不一定睡得着
放松身体,向床学习
逐渐地便有了它的
麻木和淫荡
而它也像我们一样
呻吟或沉默

他摇晃着一棵树

他摇晃着一棵树
使之弯垂
甚至还抖落了几片叶子
像一阵风暴
其实是一个醉汉

在这条街上,其他的树
静静地立着
没有喝醉的人
沉稳地走着
并侧目而视

他的母亲死了

他的母亲死了
我们坐在棚子外面喝茶
一帮老太太高声吟唱
主啊
她是孤儿
是教会养大的
她们是她的教友

我们在阳光下喝茶、嗑瓜子
打麻将,其中
有她的两个儿子
他们不是孤儿
是她养大
我们是他们的朋友或同事

一声巨响

一声巨响
我走出去查看
什么也没有看见

一小时后
我发现砧板
落在灶台上
砸碎了一只杯子

砧板纹丝不动
杯子的碎片也是
静静的

当初砧板挂在墙上
杯子在它的下面
也是静静的

爱情生活

有可能

就尽量做爱

不做爱

也要抱着

要互相说话

彼此看着

不能走神

你在想什么

我在想你

生气的时候

不拿正眼看你

也要拿白眼看你

不说话的时候

也要在心里骂你

要保持

清醒的状态

不要睡过去

睡觉是各自的事情

要抱着睡

握着睡

在里面睡

至少也要

手拉着手

像在过一条

车流飞奔

凶险万状的

马路

夏日窗口

七点以后
天色依然很亮
一群老太太
在院子里做操
转动腰身
挥舞胳膊
乐感因人而异

窗口的绿叶间
我看见她们在下面
树叶随风轻颤
她们动了又动
像一些果子
东一个西一个

第二辑
重新做人

2002—2011

格里高里单旋律圣歌

唱歌的人在户外
在高寒地区
仰着脖子
把歌声送上去
就像松树
把树叶送上去
唱着唱着
就变成了坚硬的松木
一排排的

"亲爱的母亲"

石碑上刻着:
"亲爱的母亲韩国瑛"
她是我姑母,那碑
以孤儿的名义敬立郊外
姑母死时表哥三岁
如今已身为人父
表情严肃,步履坚定

迁坟这天,表哥和我
捡拾坑中的遗骨
腿骨细小发黑
颅骨浑圆秀丽
手骨破碎,只有
牙齿完好如初
表哥抱着红布裹着的罐子
走向路边的汽车

天高云淡,凉风习习
"亲爱的母亲"在她孩子的怀中
待了一分钟

投递

我和你偶尔相遇
情同手足
后来分开了
音信全无
隔着市声喧嚣
有一个寂静的点
投递我心间

这些年

这些年,我过得不错
只是爱,不再恋爱
只是睡,不再和女人睡
只是写,不再诗歌
我经常骂人,但不翻脸
经常在南京,偶尔也去
外地走走
我仍然活着,但不想长寿

这些年,我缺钱,但不想挣钱
缺觉,但不吃安定
缺肉,但不吃鸡腿
头秃了,那就让它秃着吧
牙蛀空了,就让它空着吧
剩下的已经够用
胡子白了,下面的胡子也白了
眉毛长了,鼻毛也长了

这些年,我去过一次上海
但不觉得上海的变化很大
去过一次草原,也不觉得
天人合一

我读书，只读一本，但读了七遍
听音乐，只听一张 CD，每天都听
字和词不再折磨我
我也不再折磨语言

这些年，一个朋友死了
但我觉得他仍然活着
一个朋友已迈入不朽
那就拜拜，就此别过
我仍然是韩东，人称老韩
老韩身体健康，每周爬山
既不极目远眺，也不野合
就这么从半山腰下来了

纯粹的爱

要达到怎样的纯粹——

亲爱的

你我不再做爱

不再看见

电话也很少

书信稀疏

没有约定

要达到怎样的刚强——

亲爱的

就像天天做爱

经常看见

电话频繁

情书热烈

寄予永恒

要达到怎样的见解、怎样的深情——

亲爱的

我爱你的不存在

就像你

爱我的不可能

雨

什么事都没有的时候
下雨是一件大事
一件事正在发生的时候
雨成为背景
有人记住了,有人忘记了
很多年后,一切都已成为过去
雨又来到眼前
淅淅沥沥地下着
没有什么事发生

细节

你说得多流畅呀
那么多的细节
一件无关的小事
他的个子多高多矮
你走路怎样的踢踢踏踏
说吧,说吧
那个路过的人出现在你的谈话中
那么的无关、无辜
毫不知情
却被我记住了

结局

抽完这支烟,我要去赴一个饭局
坐在出租车上,穿过傍晚的城市
然后来到灯光明亮的餐桌上
朋友们陆续到来,无不怀着
隐约的兴奋。一些生动的光
在他们的脸上一闪,投射到
洁净的瓷器上,然后
越来越旧
一天的落日沉没在油腻浑浊的酒杯里

这结局是我从一支烟的烟雾里读到的

断章 2002

你再也不会对着那栋房子哭泣了
你再也不会觉得自己像一个蘑菇从我的身体里长出
来了
一切都已过去
短暂得像苹果树开花
我领略了最美的风景
来到蛮荒之地
痛苦和欢乐已不再重要了

　　*

你可以拒绝我
但不要拒绝我的爱
我可以把自己拿开
愿光线变得更加纯净
那柔和温暖的光淡淡地照耀你
让我丑陋的影子从你们中间后退吧

　　*

我生性认真，心中忧伤
想爱一个孩子

直至一生
我想用我的热情融化她心中的坚冰
用我的身体为她遮风挡雨
我想在那间简陋的房子里和她促膝交谈
在床上抱紧她,调匀她的呼吸
但我的存在正是这一切的障碍

  *

进入了南京
我熟悉的家乡
灯光多美丽
可我想念远方的那栋简陋的房子
那个远离我的人
患难之交已成泡影
风雨同舟无此必要
坚强难免冷漠
自立难免僵硬
温柔、关怀和爱意
纯属多余
依然闪耀着冷冷的美丽的光
但已不再是软弱的泪光了
只有武器的幽暗在夜色下熠熠生辉

记忆

那年冬天她在路边等我
刚洗完澡出来
头发上结了冰
那年冬天多么冷呀
寒冷和温暖都已经远去

我不记得我们曾经相爱
只是想起了这件事
就像打开一本书
里面是空白的纸页
封面上的小姑娘
头发上结着冰

读薇依

她对我说：应该渴望乌有
她对我说：应爱上爱本身
她不仅说说而已，心里面也曾翻腾过
后来她平静了，也更极端了
她的激烈无人可比，言之凿凿
遗留搏斗的痕迹
死于饥饿，留下病床上白色的床单
她的纯洁和痛苦一如这件事物
白色的，寒冷的，谁能躺上去而不浑身颤抖？

"无论发生了什么事，至少宇宙是满盈的。"

无题

黑暗太深,如双目紧闭
如挖去眼球
寂静使耳轮萎缩
既如此
手脚又有何用?

一块顽石之内
思如奔马
方寸之地
冲撞不得出

就把这封闭的一团献给你吧
使劲地抛出去
击中一条母狗

或永不坠地
一颗星星发出自己看不见但照耀山川的
无聊的光辉

霓虹

我睡不着,睁开眼睛
黑暗中显出窗户的形状
干脆坐起来,看出去吧
外面的天空灰黑
更黑的是远处的树梢
半空中有一抹孤单的霓虹
寂寞地呼应着我明灭的烟头
就像是一行字:
"我爱你"

圆玉

熄灯以后,黑暗降临
稳定之后,有一点光亮
隐约的,让我惊奇
这绿光我从未见过
然后,我的手摸到了一块圆玉
连着它的线绳绕着我的手指
无法追忆为谁所赠
后来想起来了
这收敛的光依然陌生
不照亮周围的任何物体
幽冥犹如盲人眼里的光明

五月

五月,天黑以后
一条宽阔的街道
顺着风的走向
黑暗中有树叶在响
黝黑的树干纹丝不动

一个电话打进来说
"外面真舒服呀,
你应该出来走一走。"
我没有出去
但有了一种想象

在这枝繁叶茂的晚上
她仍然活在美好的人世
就在我家附近
在下面的这条街上
汽车驶过,车灯
照亮了少女的脸庞

我们坐在街上

我们坐在街上
店铺里的灯光熄灭了
天色将明未明之际
青色的帷幕下面
对面的黑影僵硬

一年没见
但已经无话可说
火热的锅冷了
酒寒像心情
开始的清晨在熬夜的人看来
像惨淡的结局

我和你

我和你相遇、相爱、相伴随
我和你分居两地,度过一段时间
我对你的怜惜以及痛苦
你对我的依恋以及不幸
我和你灵魂相亲又相离
所有的这些都是偶然的

我和你一样,来自父母
偶然的相遇、相爱、相伴随
来自他们偶然吃到的食物
偶然获得的性别
我们长大,任凭偶然的风吹
偶然的人世像骰子摇晃
得出一个结果:
1是一点血
6是两行泪
只有这是必然的

日子

日子是空的
一些人住在里面
男人和女人
就像在车厢里偶然相遇
就像日子和日子那样
亲密无间

日子摇晃着我们
抱得更紧些吧!
到站下车
热泪挥洒
一只蝴蝶飞进来
穿梭无碍

天气真好

天气真好
我走在街上
九月的阳光以及
万物
既美又浮华

美得过分、多余
空出了位置
就像和亲爱的死者
肩并着肩
和离去的生者
手挽着手

自语

此刻

此刻,我想到了什么?
又会写下什么?
没有任何事情发生
暮色便是一件大事
还有我
它们彼此吞噬着,直到
一个无限胀大,一个
收缩得几近于无

逆转

"应设想内有虚空的世界。"
我的外面已经空了,里面
却被塞满,压缩成团
应逆转
看见外面实在的山水、一草一木
里面虚怀若谷

在未来

在未来,将有事情发生
我怀着等待的心情
怀着盼望
既无等待也无盼望时
事情仍然发生
就像在道口,火车开过来
怀着无畏的恐惧迎上去似无必要

黑人三章

之一：小猿人

她很黑
有一天，坐在小板凳上看电视
我在旁边看她
觉得她就像一个黑孩子
有点像猿人
小猿人
身体很小，胳膊长长的
但很黑
她给我既幼稚又古老的印象

之二：她变黑了

她变黑了
又黑又瘦
影子似的
拿着照相机
闪光灯蓦然一闪
我说
"我也给你照一张吧。"

闪光灯又是一闪
她黑得发亮了
马上又不亮了

之三：心里明白

年轻的时候她很白
后来渐渐地变黑了
"你怎么越来越黑，
是不是病了？"
我问她
她说是老了
我也相信了
"人肯定是越老越黑的。"

后来她查出了心脏病
需要换一个瓣
黑是因为供血不足
气色因而欠佳
她仍然很黑
只是心里明白了

劝酒

她劝我喝一点酒
屡次说到喝酒的妙处
我知道她经常喝
矢口否认借酒浇愁
我说：酒会乱性
她说她从来不乱
或者不喝也乱
喝酒不为什么
我体会不到
但能想象得出
喝得那么纯粹在她是必然的

小巷里

我们走在漆黑的小巷里
听见身后的朋友议论说
"他们就像一对夫妻。"
二十年前,确有这样的可能
她十八,我二十
男才女貌,彼此有意
后来我结婚了
她也嫁人了

如今我已离婚多年
她和老公也分居两地
但我们之间再也没有热望
我在想
无论我们是否曾经共同生活过
走到今天都是一样的

我和她走在漆黑的小巷里
就像是对岁月的一个纪念

下雪了

下雪了,又停了
不见雪花飞舞
只是房顶白了
也没有全白

我在下面走过时看不见房顶
碰见一个人,我说:下雪了
他不相信
的确不应该相信

冬至节

冬至节到了
有人在路边烧纸
火光映亮了街边的树干
这些活着的人变成了一些影子
去亲近消逝的死者
在街边，在墙脚，在亲人生活过的院子里
损失和愧疚使他们得知
另一个世界的存在
像大地一样黑沉沉
像火苗一样灵敏热烈

平安夜

平安夜
北京来了一个女人
我们开车去接她
直接拉到酒桌上喝酒
然后送回宾馆睡觉

这是为了纪念两千多年前的一个夜晚
一个男婴诞生在马槽里
三位贤者自东方来
看见了一颗明亮的大星
我们都醉了，前途依然黑沉沉

自我认识

多少年,我狼奔豕突
又回到原地
变化不大

多少年,我鸡零狗碎
进三步退两步
空耗时光

多少年,我的野心
和我的现实
总不相称,一味地
自我感动

精神恍惚
目光迷离
总也找不准方向

看着看着
我就眼花了
坐着坐着
我就心慌了
既想被什么牵引

又想被自个儿推动

总之是太聪明
不够笨
总之是小聪明
大笨蛋

我是庸碌之辈
却于心不甘
雄心勃勃
但少有应有的平静

多少年,风景如画
一晃而过
剩下的时间
已经不多啦

半坡即景

小便池边,并肩而立
一个说:物是人非
一个说:人是物非
答非所问,争论未果

一个说:一些女人离开了
一个说:一个哥们死掉了
一个说:我们都还活着
一个说:又换了一茬女人

他们回到楼上继续喝
剩下的黑方
一个说:何以解忧,唯有杜康
一个说:更有威士忌

一些人不爱说话

一些人不爱说话
既不是哑巴,也不内向
只说必要的话
只是礼节
只浮在说话的上面
一生就这样过去
寥寥数语即可概括
一些人活着就像墓志铭
漫长但言辞简短
像墓碑那样地伫立着
与我们冷静相对

快乐

我们经常相聚
烟酒、词语和女人的片段
多么快乐呀
但我们的快乐并不在这里

有人走到酒吧外面打电话
在寒风中,没穿外套
夹着胳膊打了很久
快乐在很远的地方

我们的快乐不在这里
也不在这里以外的地方
当大伙儿散伙回家
就告别了不曾拥有的东西

在水上

在水上,看见河岸
草又青又黄
一朵白色的白云
一棵树和所有的树
都那么美
房子不一样,只有
在这里才美
我无限向往岸上的生活
就像我在岸上
向往这条绿水

一条水蛇游了过来,昂着头
撑船人一篙打在它的七寸上
怎么可能呢
两件事都不太可能
午后的河岸像船一样地运动着
直至落日黄昏
而我在竹排上
像在房子里一样地睡着了

秋冬献词

秋

下雨了,但这不是下雨的心情
秋天了,这也不是秋天的凉意
一支乐曲在它不被演奏的时候
一种思想在躯体已死的头颅中
生活的言外之意,真理乃密中之秘
我的双眼被白杨树上的伤疤重复

冬

在冬天,感谢阳光灿烂的日子
在中年,感谢热血依然的身体
在喧嚣的城市附近,感谢墓地的寂静
在漆黑一团的灵魂里
感谢并不存在的光明
就感谢这不可能的存在

愤怒

并无真正的愤怒,只是生气
嗓门很大但信心不足
他吼叫,之后空虚降临
晕眩、失重和荒芜之感

并无真正值得愤怒的人、愤怒的事
并无愤怒的对象和动力
衰弱之人
生气是其征兆

酝酿不出任何新的东西
就像电扇吹出的风,而非
凌厉的北风
生气是气息的严重紊乱
而和血液的热度无关

所以他进退两难
迟疑不决
心生怜悯
并悲剧性地看着这一切

甚至也不能点燃自己

不能破罐子破摔
被裹挟而去
对愤怒的渴望是习惯于愤怒者的
晚年不幸

总得找点事情干

总得找点事情干
但你干的并不是你想干的
没有谁强迫你
你自由地干着那些不想干的事
欲罢不能
欲哭无泪

甚至没有一丁点理由
类似于吃饱了撑得慌
有力气没处使
但很快
这力气就用完了

而什么都不干的空虚完全等同于
终日摸索不停的空虚
前者放任
后者紧张
前者认命
后者荒唐
既达不到目的也回不到起点

由于无法抹掉那一切

就把痕迹弄得尽量浅一些
因为无力深入和洞穿
只有进三步退两步

致命的暧昧胜过了你的雄心和虚心!

友谊宾馆

高大的白杨树伫立
而叶子过于细小
庭院过于宽阔
散步的人过于细小
头顶五十年代的时空
目标苏联专家小楼
碧空如洗,请跟我念:
碧空如洗

阳光下,闪闪发亮的是
轿车的外壳
里面没有人
树枝上的那些小叶片
也没有风将它们奏响

有些人去了更北的北方
有些事发生在遥不可及的年代
消息全无,只有
干冷如故
而房间里的暖气正热

请让我缅怀
请跟随我
进屋,并踏上这截木制楼梯

西蒙娜·薇依

要长成一棵没有叶子的树
为了向上,不浪费精力
为了最后的果实不开花
为了开花而不结被动物吃掉的果子
不要强壮,要向上长
弯曲和枝杈都是毫无必要的
这是一棵多么可怕的树呀
没有鸟儿筑巢,也没有虫蚁
它否定了树
却长成了一根不朽之木

密勒日巴

雪域,大修士
吃绿色的荨麻
长绿色的头发
终其一生,只做一件
最难的事

盖房子,背石头
拆了再盖,背了又背
永无休止
像牲口一样磨出了背疮
不作它想

简单而又简单
像石头里面的石头
木头里面的木头
肉里面的肉
像行尸走肉

雪山叠着雪山
世代连接世代
如觉者回旋不已的吟唱
一块炫目的白骨
它的透彻和寒意

卖鸡的

他拥有迅速杀鸡的技艺,因此
成了一个卖鸡的,这样
他就不需要杀人,即使在心里
他的生活平静温馨,从不打老婆
脱去老婆的衣服就像给鸡褪毛
相似的技艺总有相同之处
残暴与温柔也总是此消彼长
当他脱鸡毛、他老婆慢腾腾地收钱的时候
我总觉得这里面有某种罪恶的甜蜜

菜市场

鱼虾在塑料盆里游着
孩子在蔬菜丛中酣睡
猪肉在案板上失血
你的晚餐已摆上了餐桌

残忍与亲切混合的气氛
红与黑交叠的颜色
菜市场，菜市场
既是喂养你长大的地方
也是屠杀生灵的场所

笼中鸡，被捆绑的螃蟹
被贫贱束缚在此的灵魂
油腻血腥的钞票在叫卖中流通
化整为零

山东行

驱车行驶在山东的土地上
意识到这是老区,这是老区……
看见了白杨树,哦,永远的白杨树!
灰蒙蒙的远山,仿佛有硝烟飘浮其间
石头垒砌的院墙像堡垒一样结实
而悬挂的玉米棒子何时迸裂?像手雷
将和平的种子撒向这贫瘠的山乡
在这里,战争仿佛已经获得了永生
就像一块土地的季节性休耕
战时的儿女不改沧桑坚毅的面容

仿佛是在一部老电影里旅行,或者
正撰写新的传奇
大娘的三个儿子都在城里上班
她和老伴坚守在走空了的村子里
去年老伴也被一辆农用汽车轧死了
对方无钱赔偿,进了班房
大娘的脸上没有悲戚,颜色
就像她卖的栗子一样深
我们冲大娘咧嘴傻笑,直到牙龈毕露
犹如这漫山遍野绽开的红石榴

扫墓兼带郊游

墓地并不阴冷
太阳当空而照
我们在汽油桶里烧纸、放火
天上的火球也一刻不停
浓烟滚滚,祭扫犹如工作

一点也不阴冷,也不宁静
挖土机的声音不绝于耳
盖住了铁铲掩埋的声音
死者虽已停工
但死亡并未完成

甚至,也不肃穆
爸爸,敬您一支香烟
嫂子,鲜花留给爱美的你
外公、外婆,这是现炒的栗子,趁热吃
爷爷、奶奶,你们的住址又忘记带啦

山坡上的石碑如椅子的靠背
层层叠叠,满山遍野
坐等人间精彩的大戏
终于结束了
一天的欢愉有如一生

我仍然可以热爱生活

四周天际发亮
头顶乌云翻滚
我从家里出来上班
由西往东而去
树木和群楼
播撒奇怪光影

来到工作室,偏头疼发作
服药躺下
有愧于这光景

中午风停了
阳光普照且寒冷
两个女服务员在店里包馄饨
边包边聊。一些人在门外打麻将
一些人围观

生活似乎在馄饨馅儿里
而在麻将桌上
有人大声地读了出来

其他的风景是:

同学们在篮球场上运球
理发店门前一个大姑娘抱着一个小姑娘
一只黑猫蹲在围墙的拐角
冲我咪咪地叫

偏头疼停止
我仍然可以热爱生活

在世的一天

今天,达到了最佳的舒适度
阳光普照,不冷不热
行走的人和疾驶的车都井然有序
大树静止不动,小草微微而晃
我迈步向前,两只脚
一左一右
轻快有力

今天、此刻,是值得生活于世的一天、一刻
和所有的人的所有的努力无关,仿佛
在此之前的一切都在调整、尝试
突然就抵达了
自由的感觉如鱼得水

愿这光景常在,我证实其有
和所有的人所有的努力无关

起雾了

起雾了,或者是烟尘
或者是雾和烟的混合物
没有人惊讶于这一点

可以直视太阳,在灰白的云层中
像月亮一样飘动
没有人惊讶于这一点

我的这个上午和其他的上午一样
我的昨天几乎等于明天
没有人惊讶于这一点

即使是晴朗的日子我也看不清沿途的花和树
即使看清了,也记不住
即使记住了,也写不出

如果我不惊讶于这一点
就没有人惊讶于这一点

敷衍生活比敷衍一件事容易多了
应付世界也比应付一个人容易多了

增长了即时反应,丧失了全知全能

在一片弥漫的浓雾中我机警地躲避着来往的车辆
穿越这座城

电梯门及其他

电梯门打开了,又关上了
一些人从里面出来,另一些人
又进去
就像门后有一所很大的房子
人们在那儿安家,就像
有一个大厅或者大会议室
需要用麦克风讲话

一些人的嘴张开,又闭上了
在反复的开合之间,一些词语
从里面出来,一些冷风
窜了进去
就像他们来自一个大地方,来自世界
就像我的世界不是我的
仅仅是他们的

在电梯门的背后
只有深井,一只金属箱子或者盒子
那些词语的背后有着同样的局促和狭隘
聪明之门已经关上了

延误

全国大雾,高速路被封
机场关闭。我们滞留在候机大厅里
停机坪上一片黑暗、一片迷雾
大厅里有多明亮多喧闹
外面就有多黑暗多静谧
雾缓缓地展开、铺平
在一个广阔荒凉的地方

时间过于漫长,人们读报、睡觉
玩起扑克
时间又过于短暂,无法结婚、生孩子
安家于此
旅途中的人多么辛苦又多么幸福
三生修得同船渡,又需要几生
才能修得一次四小时的延误?

大雾继续在外面弥漫,被裹挟的生活
仿佛在云中穿行

克服寂寞

我的小狗被关闭在家里
对门邻居也养了一条小狗
被关闭在家里
两条小狗隔着两道门从两边吠叫
犬声相闻,偶尔也在楼道见面
虽是男狗女狗但不配对
虽说狐朋狗友,它们并不是狗朋友
彼此之间怀有敌意,也许
敌意比友谊更强烈
更能克服寂寞
结局是对门的那条狗死了,我的小狗
仍吠叫不止
也许虚幻的敌人比现实的敌人
更能克服寂寞

这儿、那儿

这儿的天蓝得不可思议
就像我们那儿的灰不堪忍受
阳光强烈,使万物黝黑
就像我们那儿一片苍白
他们这儿干燥是性格
我们那儿的人潮湿又水灵
辣椒红似火,就像
我们那儿的陈醋酸口
花开得自由自在,就像
我们那儿的笼中鸟
肥肥壮壮
这儿天高皇帝远啊
还能骑马上街
我们那儿官大一级压死人
开车得看红绿灯
那他们就骑马
我们就逛街

烟雾使思念显形

穿上外套,裹上围巾
为去室外抽一支香烟
烟雾使思念显形

另一个人不抽烟
但呼出空茫的白气
他道雪压屋顶
我说这儿只有又灰又冷的残雪

让我们走得更远些
这样思念也会更远

怒气冲冲的世界

哦,这个怒气冲冲的世界
只有清风是温和的
只有夜晚的树木是安静的
只有那条流浪的狗是无辜的
柔软的爪子翻动坚硬的垃圾
发出咔啦咔啦的声音

只有笼子里的鸡是驯服的
只有案板上的肉是无欲的
只有星辰隔得最远
用一些朦胧的光使你看见
那些光也用于掩饰

无论发生了什么

无论发生了什么
春风依然来临
无论你如何悲戚不已
身体依然陶醉其中
无论生与死
这里和那里都有取之不尽用之不竭的快活
在这条僻静幽黑的小巷里
一条流浪狗的自在
传递到我心里

读《黑暗时期三女哲》

黑暗时期已经过去了
她们的眼睛好像从那里张望
她们的眼睛像萤火一样
只是发亮,已不再闪烁

焚尸炉的火焰熄灭了
愧对犹太的女儿死于饥饿
一个人活了下来,但也已经死去
世界和读者都是崭新的了

看电影《海豚湾》

渔夫们在屠杀海豚
用一种特制的像矛一样的刀
血水染红了海湾
还有夕阳
如此壮美
如此吓人

人间绮丽的风景总有红色相伴
如此壮美
如此吓人

致庆和

一条街会变得异常美丽
一个人会从我们中间消失
有一种空旷造成的气氛
被阳光填满
有人在水泥球场上运球
就像那种砰砰的声音

有一种天蓝色是某人留下的
此刻他正对着四壁白墙发呆
风似乎吹不到他的身上
吹不进他的心里
窗外的夜色温柔稠厚
好像把他黏住了

成都的下午

成都的下午
几个男人走来茶馆
喝茶、斗地主
女人还没有出现
世界是单一的
茶馆是冷清的
言语不多
动作更少
投入形似涣散
就好像牌在打他们
茶在喝他们
阴郁的时光慢悠悠地雕刻
一条癞皮狗悄无声息地进来
气氛温柔得像
狗爪下的肉垫

怀念

他不再出现了
但我们知道他还活着
又过若干年,再没有人提及他的故事
他仍然坚韧地活着

死于何时?
肯定是死了
好事者开始寻找他的墓地
像生前的居所一样
有着确切的地址、编号
也许风景更佳

老人

老人曾是那么年轻
精力无限地养育我们
为我们而战
又为自己的晚景和子女苦斗
喋喋不休,吵吵嚷嚷
惹人厌烦
突然就像风吹落叶
遮天蔽日的景致已然不再

她的手臂真的就像一截树枝
比握着的手杖还要干枯
不为那养育之恩
也不为朝夕相处
只为这衰败和流失
为这房子里静悄悄的沉默
追悔并痛惜

人生

人生漫长,其实很短
很短,又如此漫长
就像某物,可供伸缩
没有刻度却用于丈量
直到失去弹性
像永恒的赘物那样
垂挂着

工人的手

他悬挂在高楼上
抓着墙壁的手纹丝不动
我觉得是女人就应该爱上这只手
就应该接受它的抚摩
是男人就应该有这样的手
结实、肮脏，像肉垫吸盘
降低一些吧
最好躺下
是男人就应该死死地抓住那女人
浑身大汗淋漓，但手不出汗
心不跳，腿也不抖
如果是个恋物癖就这样恋吧
工人的手也是最棒的工具

记事

"有一件事也许应该告诉你,
关于某人最后的结局……"
黑暗中他温和地笑着
亲切得像虚无人世的依靠
"可能是这样,最后也无法确定……"
"也许应该"、"可能"
谨慎的言词如慈母手中的棉线
缝补着一件百衲衣
可那是一个无法缝补的故事
"可怜!"——打了一个结
而我心中的结试图穿过针鼻
树叶在暮色中油亮油亮的

侍母病

没有什么
只是陪她坐着
陪她无所事事
用两个人的力气想
要吃饭,要恢复健康

每天都有一场大雨倾盆而下
用她的眼睛看窗外的群山
看激越的闪电
如此明丽
就像在儿童的眼睛里所见

用我的眼睛看她尖细的骨头
轻巧犹如小鸟的翅膀
正穿越乌云
唉,垂暮昏沉的是我
聒噪绝望的是我

夜渡

从北岸到南岸
再从南岸到北岸
披星戴月,忘记了下船

我就是那开船的人
是过去的艄公
仿佛无家可归
滞留于此

无法不看这汹涌的江面呵
风这样的潮凉
夜色昏暗
有一个幽微的记忆
就在附近的水下

同伴因我而流连
我因亡魂而伫立
风这样的潮凉
夜色昏暗
可怜的发辫如烟缕散开

爆竹声声

爆竹声声,扩大了空间
烟花升腾,装饰那星空
亲爱的妈妈已经离去
盛大的节日显得这样陌生

死者以死亡扩大了空间
生者以思念装饰那星空
当我站在阳台上默默地吸烟
下面的广场上已空无一人

走呀走呀,两个旧时代的人儿
沿着新世纪的大街
未来由烁烁灯光铺就
仿佛昨天的太阳已然熄灭

江水的气味随风飘来
泥土的芬芳一阵阵爆炸
虚无的怀抱接纳我
神秘的恩情犹如这蜡梅花开

走呀走呀,谁遗留了世界
就像遗留了我们?谁以旧换新
校正新年?爆竹声声,扩大了空间
从此与死亡更亲

老楼吟

一栋灰暗的老楼
人们上上下下
进出于不同的门户
接近顶楼时大多消失不见
居于此地三十年
邻人互不相识
人情凉薄,更是岁月沧桑
孩子长大,老人失踪
中年垂垂老矣
在楼道挪步
更有新来者,面孔愈加飘忽
老楼的光线愈加昏黄
灯泡不亮,窗有蛛网
杂物横陈,播撒虚实阴影
人们穿梭其间,一如当年
有提菜篮子的,有拎皮箱的
有互相挎着吊着搂搂抱抱的
更有追逐嬉闹像小耗子的
有真的耗子如狗大小
真的狗站起比人还高
一概上上下下
七上八下

一时间又都消失不见
钥匙哗啦，钢门哐啷
回家进洞也
唯余无名老楼，摇摇不堕
如大梦者

在高铁上

她的座位靠窗,他靠走道
她拿出手机拍窗外,他在睡觉
做了一个难以表述的梦,醒来时
她给他看一段刚拍的录像
房子、房子、房子……很快很快地移过去
然后还是房子、房子、房子……
然后,镜头转向了车内他的睡姿
戴着新帽子,帽檐压得低低的
张着大嘴,里面黑洞洞的,鼻孔也黑洞洞的
镜头转向他的耳朵,逐渐放大
在耳朵和腮帮之间有一道皱纹,很长
"我怎么会有这道皱纹?"他用手摸
但没有摸出来
"你用手机拍张照片,然后给我看。"
她拍了,但很模糊,又拍了一张
还是看不见那条皱纹
"根本就没有什么皱纹,就是有
也没那么严重。"她说
"这段录像的题目可以就叫作在高铁上。"他说
然后她取下他的帽子,戴着睡着了
他开始用她的手机拍录像
房子、房子、房子……很快很快地移过去
然后还是房子、房子、房子……

晴空朗照

虚无如晴空朗照,因为有人问
"你母亲好吗?"

因为身后就是她的房子
路边就是她熟视无睹的修车摊子
站在你面前的是她五十岁的儿子

在这条小街上总有老友偶尔相遇
总有这晴朗松懈的时光
总有一些光刻画了生活
但是,我母亲好吗?

问话的人继续走路,但她再也遇不见一个熟人了
我继续上楼,坐进母亲坐过的沙发
楼下的老妇人越走越远
晴空飘移,刺入这扇窗户

轮回

躺在宾馆的大床上,抽着神仙烟
读一本深入边地的传奇

那家伙已陷入绝境,饥寒交迫中
回忆起老家舒服的火炕

火炕上那将身为人妻的少女听见了屋外吹吹打打
心想:还不如死了算了

茫茫的幽冥中,一个寂寞的魂灵
多么想觅得人身,投入花花世界

他合上那本厚书,去楼下的餐厅吃饭
回来接着读。心念轮回不休

第三辑
他们

2012—2014

他们

又冷又静,阳光照在空室里,
没阳光的时候是一片清晰的灰白。
能见度很高的灰白里纤毫毕现,
有如冬季照耀着一个空海。

难怪他们狂热地喜爱太阳,
那静静的喧嚣是外表看不出来的。
难怪他们不喜欢灰白的皮肤,
坚持把自己晒成焦煳颜色。

又冷又静,时间又长,
他们就像是由某种忧郁的材料制成。
从清澈的灰眼睛里我看见了一个空无,
他们就是昂贵的忧郁材料。

失眠

睡不着的时候就读《沙漠圣父》,
室外是异乡冷清的雨夜。
这静绝无仅有,孤独如蜡点亮。
在此遥远之地触摸到时间纵深,
古朴的形象聚集,但无言。
一个个单独的中国字脱离了句法
掉落在地板上,仍有完整的意义。
黎明时分的大海是不用翻译的。

阴郁的天气

阴郁的天气里,有人弹奏肖邦,
但我这里听不见。
有人在房子里用彩色瓷片拼贴圣母的慈容,
我这里看不见。
阴郁的天气里这小城里有无数小型的艺术家,
把玩厨艺、蒸馏咖啡或者摄影自娱,
而我的眼前只有一片变得灰白的大海。
如亘古不变的电视频道,
播放唯一的心灵录像:
云来云去,或者停驻,
船进船出,不禁遥远。
直到夜晚的黑屏,液晶玻璃上反射出室内的一盏孤灯。

湿地

这里有一种静，
似乎在等待声音。
这里有一种声音，
随时湮灭在静止中。
即生即灭，分外和平，
就像引力那样微不足道，
像引力那样无所不在但是根本。
外国人在这里碰见了原乡，
意识展开为风景，
倾听混同于流水。
当木头船的马达关闭之后，
我们便到达了它的空心。

盐田

这里差点就成了垃圾投放点,
因为抗议保住了一片风景。
盐田重塑了这片风景,
使你想置身其间劳动。
晶莹的粗盐在中国已经买不到了,
也就是我们用来腌肉、炒热后
用布包裹镇痛的粗盐。

劳动艰辛,会落下伤痛,
当你精疲力竭时抬起头
就看见了这片上帝的彩绘。
他们用风景镇痛,用荒草、
大海边鱼鳞般的金波,
用棋盘一样的秩序以及
季节无尽的循环。

因此他们生产的是一种特殊的盐,
利用了小合作社的形式。
这里没有矿山的巨响,
大地上没有巨型伤口。
有的只是锦缎一样的美丽,
或者一阵原始的风吹过闪亮的裸体。

镇痛的粗盐在我们那已经买不到了。

汽车营地

汽车营地繁花似锦,
但几乎没有客人。
暑假已经结束,孩子们上学去了,
留下这空荡的最后的花园,
各色花朵不免开得更艳。

布莱恩在炭火上烤肉,
烟雾一直弥漫到看不见的海上。
一对同性伴侣在树林中窥视,
我们也偷窥了他们,
还有那条拉布拉多大狗。
这一家三口来回走了数趟。

人间烟火在暮色中升起,
布莱恩招待我们美食和错落的寂静。
林中情侣不需要吃饭,
他们要去下面看海,
良辰美景和彼此的俊美已够一餐的饱足。

思念如风

我的父母没有到过这里,
他们没有走过这么远的路。
这阵风如此美好和孤独,
这么好的风也吹不到他们无形无相的身体上。

他们死了,并不在我的祖国,
但那儿似乎离他们更近,
而在这里我离他们更近——
空出的位置在繁星灯火间显形。

此刻我正坐在卢瓦尔河口的一个阳台上,
脚趾遥指大西洋上空的夜色。
思念如风把我穿透,就像当年他们走后
一切皆成为陌生。

日出谣

如果天气好,
每天都能看见日出。
起床时总是日出时分,
我和太阳不期而遇。

很多个日出的早上,
很多个太阳,
景观从不相同。
太阳每天都是新的。

从海的另一边静静地跃动,
只可遮蔽不可阻挡。
世界在几秒钟之内
就有千万种变化。

有时月亮还挂在天际,
像一片消融的薄冰。
飞机飞过我的头顶,
海上驶过一些缥缈的船。

空间被霞光撑开
并进一步扩大,

里面装得下一个大海。
我的祖国却不在其中。

这里日出之际，
某处的太阳正在落山，
朝晖和晚霞同时落在了
异乡人的肩上。

啊——
这同一个光明灿烂的太阳，
如红艳的心升腾，
如黯淡的心沉沦。

对视

他们有一双看海的眼睛,
我有一双看人的眼睛。
这和种族、年龄无关。

在楼下的这家小酒吧里,
我用看人的眼睛看海,
但不见航船的细节。

他们用看海的眼睛看我,
也无法把我看透。
那就来一次坚定的对视。

我看见风帆从蓝色的眼睛里流过去了。
他们看见了什么?是否
从我的眼睛里看见了我看见的?

读海明威

我在读一本三十年前的旧书,
书页已经发黄变脆了,
像被岁月之火焚烧过,
而火焰已经熄灭。
揭开的时候寂静无声,
它的分量变轻了。

这是我带在身边的唯一的一本书,
被置于包中或者枕边。
硬汉已死,译者星散,
书籍本身也岌岌可危。
只有那些打猎的故事永存,
并且新鲜,就像
在一只老镜头里看见了清晨。

山中剧场

十二岁他就看中了这块地方,
想象着一个山中剧场。
直到四十五年后我们看见了实物:
原木打造,四周崖壁环抱。

剧场有了,我们和他一起想象观众。
人们驱车从周边赶来,整整四千,
只能容纳六百人的看台根本坐不下。
应该是夏天,镇上的旅馆都住满了,
旷野里到处都是帐篷、营火。

此刻暮色已深,但剧场圆形的轮廓依稀可辨,
赫斯托夫走下看台,去下面和我们说话。
盆地的环境使回声四起,并不需要话筒。

四千鸟兽在山崖上呐喊,
四千或者四万只虫蚁静默——
为赫斯托夫的诚挚,为他那颗伟大的演员的心,
为这山中无人的剧场。
所有的这些我们都听见了。

隔墙有耳

隔壁传来邻居的说话声,
孤单中不禁一阵温暖。
然后,我听清了,原来是法语,
这大大地出乎我的意料。
一样的琐屑和唠叨,嗡嗡的人声底蕴
和我们那也是一样的。
男人、女人、孩子,
杯盘的声音……
大约是周末聚会,他们吃饭一直吃到很晚。
亲切而内向,一定是在
讨论他们彼此的生活,
不像在议论世界。
这中间有几次意味深长的停顿,
仿佛我马上可以加入进去。

在阳光下

我和你待在阳光下,这里不是我的家乡,
也不是你的家乡。

旁边有一个寺,里面没有我的神,
也没有你的神。

山坡上的牧人之家,我没有在那儿生活,
你也没有在无边的草地上向蓝天白云献舞。

我们不是生在这里的,一眨眼就到了。
阳光下你独一无二的影子那么实在。

没有板凳,没有沙发,床只是一个梦。
我们坐在栏杆上,有点悬。

上帝化装成一个写诗的朋友走来,
分赠给我们一人一枚石头。

这以后只有阳光,牛羊骏马藏红花漫山遍野。

射击

我像往常一样,坐在电脑前面,
敲击键盘,录入一个又一个词。
但没有一个词是我想要的。

我怀念的夏天在向一千公里以外蔓延,
终于碰到了一个人。
但这已是另一个夏天。

半夜里我突然牙疼。
是疼痛缓解了疼痛,就像
新鲜的死者也曾怀念陈旧的死者。

有一天我经过了一片可怕的废墟,
看见了你曾看见的景象。
但是你已经走过那里。

我们也曾合着节拍,像一小队士兵,
趴卧在草丛中,瞄向同样的方向。
可有谁早已逃遁。

我伤心地闭上眼睛。射击——

献诗

你的美色近乎忧伤,你的忧伤照亮了美色。
你的聪慧像蜡,滴落在一张纸上。
善良如你却并不乏味,触碰时犹石火电光。
你性感如女神,在一张照片里,
在我老眼开合的成像中。
黑发中有一缕白发,请不要掩饰它你也没有掩饰它。
你心中有千山万水,却看见风景如画。
眼角的疤痕如雕版蚀刻,乃上帝之手所做标记。
你十九,还是九十?
你手舞你足蹈,几乎甩掉踏板拖。
你的孤单是一所房子,外面下雨里面也下雨。
你的快乐像朝阳升起,预示今天又是一个好天气。
你的来路悠远漫漫,你的去路催马扬鞭。
你的爱如我的爱,我们都无法爱自己,
你的手曾抓紧了我的手,只有你的指甲没感觉,
却抠进了我的肉。

马上的姑娘

高高兴兴地来,就应该高高兴兴地去,
你是骑在马上的姑娘。

我是青山绿水,不是岩壁上的草药,
请带走宝物而不是大山的阴影。

你的离去和遗忘都是美妙的,因为
你是骑在马上的姑娘。山上没有客房。

马蹄声嘚嘚,应伴着雄鹰高飞,
拓展了你的世界我的视野。

也不要有悲伤。这儿只有遥远,
和远方的遥远接上,就有了近乎无限。

你在扬起的尘埃中隐匿了,一会儿又冒了出来,
但是更小了。

青山也会再次枯黄,但轮廓线不变,
你我互为透视的焦点和跨越的地平线。

高高兴兴地来,就高高兴兴地走,
留下的时空将下雨,洗涤这个故事。

夏日

你曾经不是幻想,
现在只是虚构的原材料,
留下了纸和笔、词语
和一些颜料,
让我描画绝望的夏日而非美丽。

你的那部分要突出,
就像蝉鸣之间出现的寂静。
夏日的风景密集,没有余地,
在它的背面有一个潦草的签名,
已被写下的人忘记。

一匹马

一匹马站在草原上,一动不动,
足有十分钟。
何以见得这是一匹马,
活的,像其他的马一样?

终于它动了一下,
我们放心地开车离开。

你没有名字

你没有名字,没有形象。
满足的时候像虚无,
不幸时被感知为痛苦。
在微风中、景色中,
在对往昔的回忆里。
音乐的片段、一些言词,
短暂的花开花落。
还有血和泪。
简单的大海、无用的星辰,
以及温热的哺乳动物。
你是亲爱者,造就又扬弃我的灵魂,
让我寻找你,然后无望地死去。
你没有名字,
我不曾存在。

致吉木狼格

好朋友,我们坐在花园里,
天气凉爽,不冷不热,
今年的新茶也越来越淡。
你来此地是因为女人,
当年我去你的城市
也大同小异。

天地常新,你的季节来临。
就让这满园争艳的花木做证,
就让你我以茶代酒,
饮尽各自的苦涩和甘甜。

一摸就亮

楼道里的灯是触摸式的,
一摸就亮。
孩子被妈妈抱在怀里,
伸出小胳膊,也一摸就亮。
小拳头肉乎乎的,
小手指都伸不直,
在金属片上一碰
灯就亮了。
每层楼妈妈都抱着孩子
贴着墙走,
母女俩就这么亮堂堂地下去了。

野蜂，啤酒

在青年旅社的平台上喝啤酒，
飞来了一只大野蜂，落在杯沿上。

阳光照耀玻璃杯，释放万道金光。
一个人取过一只碟子盖上了杯子。

谈话继续。气氛趋于紧张。直到
某姑娘突然抓过杯子，泼掉里面的啤酒。

大野蜂向草丛中爬去，
大家起身为解放者鼓掌。

世界无奇不有

世界无奇不有,
残杀、至福、平庸的生活。
绝大多数人位于灰色地带,
光照不足但也还凑合。

凶暴和黑暗超出了你的想象,
就像来自地狱的传说。
在这片透彻的天空下面,
暴露出岩石深深的缝隙。

极乐也一样,必定如此,
就像和岩缝匹配的强光
让人无法直视。
否则一切都是徒劳的,一切皆无可能。

变天

从暖和的房子里出来,
冷风灌进下面的街巷。
十字路口的灯光下面
落叶像群鼠四散奔逃。

街上的人像树叶,不像老鼠。
大风摇撼着大树,
而所有的大楼坚定不移。

温暖的光倾泻在路面上,
越来越苍白了。

第二天,干冷。
街道仿佛被清扫过。
街边的树像一把把大扫帚竖立不倒,
天空也被扫得一尘不染。

所有的人都从房子里出来了,
穿着厚厚的皮草,
在街上懒洋洋地走,
像肥嘟嘟的大老鼠晒太阳玩儿。

某一世

我在密林中奔跑,
赤身露体,
光线如标枪嗖嗖。
折断绿色枝条,
洒落殷红血滴。

我的妻儿还在篝火边睡觉,
身后的岩洞是祖先渴望的眼窝。
即使在梦中我也疲于奔命,
却倒毙于真实的丛林——
生命之火熄灭了。

食粪者说

我是一个孤儿，靠食粪为生，
佛陀拯救了我，
让我放弃那肮脏的恶习。
他让我去清凉的河水里洗干净，
给我穿上衣服，让我跟随他，
踩着他的脚印前进。后来
我才知道这并不是教导我的方式，
只是为了不踩死蚂蚁。
他让我把大粪留给蚂蚁和蛆虫，
让我和他在同一个钵子里吃饭。
虽然现在我仍然是一个乞丐，
但已经不那么臭了，
四肢健壮有力，心也变得平静。
佛陀又告诉我：
"不要留恋这些，我们的本质
即是你以前所食之物。"
只是这个弯我没有转过来，
并思量至今。

这家麦当劳

我每天待在这家麦当劳里,
这儿有吃的,而且很暖和。
因为我很脏,没有人愿意靠近我,
所以我总有地方睡觉。
我就像那几个经常来的疯子,
别人认为我们是一伙的,
可我们谁都不认识谁。

那个女疯子永远穿一件灰衣服,
头发也是灰白的。
这是她在我眼里的样子,
但我不知道自己在她的眼里
是什么样子。
她看起来太老了,
我对她没有兴趣。

有一天,我趴在厕所对面的桌子上睡觉,
梦见我洗得干干净净的,
穿着员工制服。
这个梦有点多余,没有人赶我们走
我就已经在梦里了。

醒来的时候我仍然在那里。
这家麦当劳是我温暖又明亮的天堂。

无名大桥

出租车驶过一座无名大桥,
驶过了一切不被记住的东西。

那细雨如情境一般飘落,河水幽暗,
卷走了昨日生动的画面。

那倒霉蛋只记得伤痛,并将其
镌刻在一截黟黑的栏杆上。

曾有哭红屁股的尾灯远去,
两岸传来了生活隐约的嘲笑之声。

他和那光头司机如此亲密,
在寂寞的雨夜切腹剖心,拉起家常。

雨变大了,雨水从车窗的两侧
直落而下。司机接电话——

妻儿的声音仿佛来自
另一个星球。

之后是经过,经过,经过……

被伪装成一次经历。

经过之后就再也没有了桥的残余,
就看见了迷幻的无桥之河。

雨儿成瓢泼。
但愿这无河之水把一切淹没。

不写诗,听歌

悲伤并不是写诗最好的时候,
需要之时并不是最佳之时。

这音乐里有什么?这话语里有什么?
当你消失、被拆解和分装,
这配方里有什么?

这悲伤里有甜蜜,
还有其他别的东西。

当思想随旋律流动就变成了恩情,
当恩情凝结就构筑了刚强发亮的思想。

当你在思想和恩情之间反复,
就有了一种貌似的解脱。

每一首歌里都有分离和死亡,每一首,
包括你尚未写出的那首。

你已将自己的旋律忘记,
却被偶尔听见的人忆起。

因来自陌生人的金玉之口而遥远,
因进入我的心窝而如此亲近。
这远和近。

歌者已逝,最好已逝。
听者无词,最好无词。

爱

外面在下雨,房子里安静下来。
如果你能爱这间房子,
就能爱外面空旷的街道。
那儿正下雨,树下没有人,
叶片闪着雨光。但愿你能爱那片叶子。

房子里安静下来,
雨水激越之时眼里的波光稳定。
那把椅子在墙角上已经好一会儿了,
你注意到它的驯服。
就像椅子一样的驯服吧。

甚至,你可以爱得更远些。
你不知他已死去多年。
当雨水渐止,他走到街上,
甚至在雨中他也不会潮湿。
月亮升起,照亮他如月的脸,
再不可能有这样的月亮了。

雨点在外面的屋顶上跳跃,
欢乐的掌声响彻黑暗无边的剧场。

母亲的样子

我记得的是她中年以后的样子，
笑着的样子，很有福气的样子。
年轻时的神气秀丽在相册中，
垂亡者的病容在病床前。

那不是我父亲爱恋过的肌肤，
也不是她自己爱恋过的肌肤，
死亡将其收藏在郊外的墓地，
以青草白石取而代之。

有一次在病中我摸到了她的肚子，
隔着纸一样的皮我就抓住了一颗心
（还有其他乱七八糟的内脏）！
那是一颗仍然爱着我父亲的心，
仍然爱着我和她自己，
在儿子无畏的手掌下跳动。

我只记得她中年以后的样子
和那颗颤抖不已的心。

写给亡母

你已上升到星星的高度,
之后隐匿了。方向东南,
于是我仰望整个东南天空,
想象你可能下降的地方。
那儿有丛林围绕的快乐生活,
那里的炊烟将迎接你,
就像我怀念的香烟袅袅不灭。

愿你新的一生安好,
享受赤脚奔跑的解放。
愿平凡和朴实伴随你,
在清澈的穿村而过的河边。
你是一件完整而崭新的礼物,
献给世界和你自己。

愿你的墓穴已空,
消失的夜空晴朗。
愿你收回回望的目光,
那最后的光焰短促
已使你消声远离。

季节颂

我爱所有的四个季节,
爱它们的轮番转换。
将要遗忘之际蓦然相遇,
新鲜刺激着我,紧跟着一阵遗忘。

你不可能完全忘记一个夏天,
就像你不能忘记一个秋天。
八月在高原有夏日的光照,
足够你带回家冬藏。

今天的一阵光就比昨天强烈,
早晚的凉爽像赤脚踩进河水。
到晚间满月又如此之圆,
像白色的肥猫跳上屋脊。

这又使你想起儿时的平原,
瘦小如故,敏捷如初,
急速奔走时已听不见母亲的召唤。
你的双亲已躺卧在季节之外。

你的爱情已不再灿若夏花,
你的悲伤如春雪无痕。

你的生命像老树皮一样地褪去青色,
即使在诗歌中也长不出新的叶片。

我爱所有的四个季节,
爱它们的轮番转换。
甚至我也爱反季蔬菜的甘甜可口,
又愿自己像草本葵花不知明年。

墓园行

如果你走进墓地,
就知道那儿比市场开阔。
如果你看见石头的座椅,
就知道人间曾上演繁华大剧。

如果你为坟包的起伏而晕浪,
就知道生的海洋和死的无垠。
如果你悲伤,就捏住一棵小草哭泣吧,
这是值得的,也是允许的。

如果你思念母亲,那就思念所有的死者,
思念死者,就停止追踪活着的人。
如果你牙疼就吃止疼片,
心疼就把心抛弃。

如果你疲乏了,那就走得更远些吧,
孤单了,就当自己从未出生。
如果你饥了渴了,就伸出一双叶子样的手,
阳光的灼热和雨水的冰凉会印在上面。

在异国

这里没有我的语言,
风景于是更加明媚。
异国是一片辽阔的大海,
仿佛来到了天与地的尽头。

这里的时光像赃物,生活是赠品,
往日的线索不知所踪。
当我远离了故乡的尘埃,
远离了一个人即所有的人。

这里的房子模仿着另一些房子,
这里的人让我想起一些动物。
就像在一个听过的故事里,
在前世影影绰绰的隐约中。

在这里我没有语言,
但人们说话,就像鸟儿唱歌。
狗拼命地低吠,话语被卷进浪沫,
而浪沫和礁岩正热烈无厌地交谈。

只是在夜里我不必说话,
一个人去外面抽烟可以走得很远。

思想的深井也随之平静,
一如月下海面的反光。

那就睁大了眼睛使劲看出去吧,
让外面的涌进里面,
或者让里面的涌出。
就让无言和无垠做一个沟通。

它是一条无人理睬的狗

它是一条无人理睬的狗,因为长得丑,
因为老了,因为它是一条狗。

也曾有过幸福时光,那时候我母亲在世,
也没有去深圳。它是她的宝贝。

二、八月它发情,月经滴落在地板上,
后来挨了一刀,麻烦结束,一了百了。

趾甲无处消磨,越长越长,弯过来
扎进自己的肉。脚上的乱毛盖住那血洞。

腐臭的气息在这房子里曾经数月不去。
它有过痛苦折磨的时光,现在安静了。

它不是这房子里的一把椅子,
要是一把椅子那就好办了。

也不是这房子里的另一个人,
要是另一个人那就可怕了。

如今它成天睡觉,无所期盼,

甚至也不走过来邀宠。

它不知道我的所思所想,不知道我的哀伤。
它的哀伤就是它的外表,那又能怎么样呢?

我们共处一室,各不相干,
它是我的狗,我可不是它的人哪!

时光从这栋房子里流出去,
一直流到外面的大街上。

分成两股之后再分岔,再分岔……我看见
每一条孤独的路上都走着一个人或者一条狗。

这隔膜的游戏直到永远。

炎夏到来以前

炎夏到来以前,这是最后的凉爽。
双亲的墓地已被巨草覆盖,
是去看看的时候了。
天空从未有过的深湛,
到晚间月大而圆,
趁你还有一双好眼,趁你的腿脚
还能走遍四方。

丢弃思想的重负吧,
就像丢弃思想本身,
那杯摄魂催命的混酒也不要再饮。
让阻挡你的古代城墙倒塌,
让心中的块垒如白云高飞。
让疼痛停止,说出否定之语
就像上帝说出肯定之语。

不要被任何一道牢门禁锢,
而要像影子一样飘出。
不要回头,或者看得再纵深一些。
你将看到自己出生以前的那个年代,
一个炎夏的繁花似锦:
你的父母在相爱,
你不在其中。

看不见的风

被看不见的风吹着,
人们走遍四方。
遇见一些也在打转的人,
只有互相抱住,才能立定。
然后那风又起,
在他们稍稍松懈之时。

痛苦和忠诚如石头般沉重,
但风掀翻了那些石头。
他们又向前去,遇见了
另一些支离破碎的身体。
风吹在上面是不同的。

我看见一个人被向下吹去,
然后长出了一棵树。
那扭曲的姿势似乎在说,
"树欲静而风不止。"

游戏

孩子们玩一种有输赢的游戏,
成年人玩成功或者失败。
在没有成功的游戏里却有输赢,
有人在失败的时候赢了,
有人输掉了全部的自尊。
孩童的厌倦和哭泣
映照在成年人无辜的脸上。

我的眼睛

我的眼睛在退化,也在进化,
一只用来看近,一只负责看远。
看近的那只看远模糊一片,
看远的那只看近了无所得。

隐约中启动了第三只眼,
能在黑暗中看见黑暗的人心。
方法是向内看,穿过
贪婪的欲望和可悲的自怜。

据说还有第四只上帝的眼睛,
可以看见他人如己、
血泪之畔展开无边福祉。
我的眼睛在退化,也在进化。

井台上

井台上，他揽着最喜欢的小儿子
对我父亲说，"将来
我们的孩子只有当兵，
只有这一条路。"

他们还说了一些别的话，
也许谈论过那年的庄稼。
他们的话题不应该很多，
但谈论孩子不等于谈论天气。

谁也没有想到，其中的一个孩子
记住了这句话。他还记住了
忧伤在一位父亲的脸上，
但也许是一只捣乱的飞蛾。

四十年后我想起了这件事，
井台上已经没有父亲了，
更没有儿子。只有那句没头没脑的话
穿过张开的玉米叶子，
穿过下面攀爬的菟丝，
在夕光和阴影里
蛇一样地游去。

另一个孩子是否也记住了
我父亲的某句话?
他是否也想找到我,
为了交换一句话? 但至少
我们可以谈论一把今年的天气。

我因此爱你

我们去了云南,骑了马,
玩得很嗨。
但我什么都忘记了,除了一件事,
她用苹果喂马。
那马吃得口沫飞溅,
马嘴就像一台榨汁机。
我从没想到苹果会有那么多的水,
你甚至可以拿一只杯子放在马嘴下面
接苹果汁,然后喝掉。
她感叹那马一辈子都没有吃过一个苹果,
除了这一次。
我相信她这辈子都没有喂马吃过苹果,
除了这一次。
事情就是这样的。
然后我们上马,转过那座大山,
进入到它的阴面,
气温顿时下降了五度。
马和人这才从刚才的激动中渐渐平静下来了。

抓鱼

夜里我们去抓鱼,
为了抓鱼我们走夜路,
走夜路是为了大家在一起。
这么好的晚上如果不在一起
我们就睡过去了。
于是就去抓鱼。

我们抓住了,抓住了,
左一条,右一条,
像夜一样光滑,
像夜一样冰凉。
鱼在睡着的时候最好抓了。

后来我们把鱼放回去了,
就像把自己放进了这条沟。
把抓到的鱼再放回去,
这样往回走的时候就轻松多了。

起大早

起大早,
去对面的河滩上洗脸。
但脸不脏,手也不脏,
没有任何东西是脏的,
没有任何地方是脏的。
一切都不洗自净,或者
根本就没有任何东西存在。
脏东西不存在,
不脏的东西也不存在。
直到太阳出来,
那时只有明亮的东西。
明亮的东西也不脏,
也不是脏东西。
那就让它们保持明亮,
我们保持不存在。

强奸犯、图钉和自行车

他是一个强奸犯,曾因此服刑。
后来在街边摆摊修自行车,往马路上
撒碎玻璃、图钉。

他有着强奸犯精瘦的身体、
典型的强奸犯的蠢脸以及
冷冷的目光。射出一道,
似乎在说,"我要强奸你。"
那道光变成了马路上闪烁的图钉,
扎破骑车经过的姑娘们的轮胎。

我从不觉得他是一个修自行车的,
或者一个撒图钉的。
无论他怎样勤劳、自食其力,
我都觉得他是一个强奸犯。

但还是老了,也不撒钉子了。
有点姿色的女人如今都开车了,
挤进这条盲肠般的小巷,鸣笛而行。
他躺在树荫下的那张破帆布椅上,
仍然很瘦,但干枯了,
不再想他是一个强奸犯用来提劲。

我也不再想他是一个强奸犯,
或者这是强奸犯的晚年,只是在琢磨:
修自行车这一行怕是要绝迹了吧?

清淡的光

我看见一种清淡的颜色,
傍晚就像永恒的黎明。
或者黎明像傍晚,
不曾天黑,不曾天亮。

我在这时光中下班回家,
也许正去上班。
当我走在路上,就永远都在路上。
不变的光影勾勒我的家园。

我的妻子在生病,
但愿她好起来。
我的母亲已经死了,
但愿她只是生病。

她俩相扶着来到洁净的窗前,
看见一片清淡的光。
我踩着小径归来也许
正在离开。一切都是令人心安的。

出远门

起早,出远门,
再无年轻时的激动。
没有目标,没有故乡人
在任何时间任何地方等我。

我母如云,伴我而飞。
父亲,像隐匿于白日的星辰。
将恩情寄存在某处,
说走,于是就走了。

这世界有一点点新,
但不完全新。
有一点点陌生,却已经完全陌生了。

河流,道路。
群山如花。
就这么在清晨向暗夜里飘去。

第四辑
奇迹

2015—2019

白色的他

寒风中,我们给他送去一只鸡
送往半空中黑暗的囚室
送给那容颜不改的无期囚犯。然后
想象他在冰冷的水泥地上
孤独地啃噬。他吃得那么细
每一根或每一片骨头上
都不再附着任何肉质
骨头本身却完整有形
并被寒冷的风吹干了。
当阳光破窗而入,照进室内
他仰躺在坍塌下去的篮筐里
连身都翻不过来了。
四周散落着刺目的白骨
白色的他看上去有些陈旧。

电视机里的骆驼

我看见一只电视机里的骆驼
软绵绵地从沙地上站起。
高大的软绵绵的骆驼
刚才在睡觉,被灯光和人类惊扰
在安抚下又双膝跪下了。
我的心思也变得软绵绵毛茸茸的
就像那不是一只电视机里的骆驼
而是真实的骆驼。
他当然是一只真实的骆驼。

黄鼠狼

一生中你总会碰见一次黄鼠狼
可惜他已经死了。
漂亮的黄鼠狼,在人间的大马路上
奄奄一息。
巨足在他的头前停下
然后走开了。
我们感觉不到那可怕的震动
他也感觉不到。
唉,我要是一只黄鼠狼
就带你回家了。
我要是一只鸡就让你咬一口。
能做的仅仅是用一张餐巾纸
包住软软的你
放进路边的树丛中。
湿泥会亲近你
阴影能让你舒服些。
然后我也走了
穿过车声嘹亮的市区
为一部电影的融资奔忙。
在那部电影里也会有一只黄鼠狼
一瓶拧开的纯净水淋向他
使其复活。

生命常给我一握之感

生命常给我一握之感。
握住某人的小胳膊
或者皮蛋的小身体
结结实实的。

有时候生命的体积太大
我的手握不住,那就打开手掌
拍打或抚摩。

有一次我骑在一匹马上
轻拍着它的颈肩
又热又湿,又硬,一整块肌肉
在粗糙的皮毛下移动。

它正奋力爬上山坡——
那马儿,那身体,或者那块肌肉。
密林温和地握住我们
生命常给我一握之感。

注:皮蛋是诗人喂养的小狗。

孤猴实验

我是一只布猴,没有乳房
一只小猴抱住我,去旁边的一个
挂在金属架上的奶瓶那儿吸奶。
他使我成为母亲。
我没有眼睛回应他的凝视
没有手臂回抱我的宝贝。
只有覆盖我的绒布像妈妈的皮肤
在他的抓握磨蹭下渐渐发热。

哦,有一天他被带走了
不是被带回生母那里
而是带离了假母亲。
我的悲伤也是假的。
只有那孤猴实验真实无欺
在宇宙深处某个无法测量的几何点上。

我给星星洗了最后一个澡

我给星星洗了最后一个澡
把她泡在温水里
沐浴液掩盖了恶臭
不一会儿又回来了。
生命令人惊骇,不是因为强大或聪慧
而是如此衰弱
一只小狗瘦成了一副鸡架
葡萄一样的眼睛里含着一包脓。
但她仍然活着,仍然是生命。
仿佛为了求证
生命之为生命最后剩余的东西
我扶着她就像扶着一位百岁老人
并用最软和的毯子擦拭她。
那毯子整整一面印着一朵硕大的牡丹。
但又有何用?
生命令人惊骇,美丽和恐怖
都让人难以理解。

土丘

在土丘的脚下我们埋了一只猫
然后,回到房子里向外面张望。

土丘变成了一座大坟
可我们埋葬的猫是白色的。

"其实,埋在里面的是她的骨灰。"
"即使是骨灰,也是灰白的。"

争论的时候开始下雪,纷纷扬扬
一座雪冢就此伫立在我的窗前。

我们不再说话,仿佛已心满意足。
即便是土丘也不再是原来的土色。

马尼拉

一匹马站在马尼拉街头
身后套着西班牙时代华丽的车厢。
但此刻,车厢里没有游客。
它为何站在此地
为何不卸掉车厢?
就像套上车厢一样
卸掉车厢并不是它所能完成的。
于是就一直站着,等待着
直到我们发现了它。
拉车的马和被拉的车隐藏在静止中
路灯下的投影把它们暴露出来。

如此突兀,不合时宜
那马儿不属于这里。
我甚至能看见眼罩后面那拉长的马脸。
你们完全可以在这儿放一个马车的雕塑
解放这可悲的马
结束它颤抖的坚持
结束这种马在人世间才有的尴尬、窘迫。

没有人回答我。

放生

暮色中,那辆车停在桥上
她从后备箱里拿出一条鱼
变魔术一样,她要让鱼复活。
我们走向下面黑暗的河滩。
魔术变成了神秘仪式
比黑暗更黑的是那条水沟。
她倒拎起塑料袋,鱼像石头一样落下去
水面闭合。
"它还能活吗……
附近有人钓鱼吗?"
往回走的时候我没有回答。
作为仪式已经结束
但魔术尚未揭晓。
我们能做的只是移走了桥上的汽车
至于黝黑的河水里是鱼还是石头
就很难说了。或者是烂泥
或者是别的什么。

哑巴儿子

他是我儿子,所谓"犬子"。
其他都好办,就是他不会说话。
特别是当我们离开家又回到家之后
他的兴奋就像打开了房间里所有的灯
即使夜色已深
也有顽皮的太阳喷薄而出。

有一次,被关阳台二十四小时
我们在上海办事
他如何吃,如何睡,如何
隔着玻璃护栏眺望楼下的人世?
恐惧终于收缩进一只小狗的身体里……
他无意告诉我们这些
没有这样的能力,他不会说话。
就在他撒欢打滚的时候
我们发现他完全没有进食
没有排泄。

他的绝望只是一个推论
比亲口告诉我们还要真实。
如果他会说话
一定会诉说所有的委屈

但他没有这样。

那黑暗的故事被生理限制住

他永远是我快乐而幸福的孩子。

嬉戏

经过一棵开花的树
我向前走去。
又经过一棵开花的树
我又走过去了。
我之后,更多的人经过更多开花的树。
一只小狗抬起后腿对着树滋尿。
一些人拍照,可能还有一些议论。
我经过香气浮动
经过他们的交谈。

细密的花瓣飘落到地面上
小雨也飘落到地上
人们践踏而去。
只有那小狗使劲地嗅着
他终于够着了高大的树
把她踩在柔软的爪垫下
就像和同类嬉戏。

生日记

桌子上有两只毛茸茸的小鸡
一只喝工夫茶的小碗里盛着清水。
是谁将这景致放置在这里
让我们看见?
"动物小的时候都那么可爱。"
也许小鸡的可爱已伤害到我们的感情。

我们站在院子里吸烟
饭店门射出的光洒向那桌子。
"爱是油然而生的东西
我们把所爱者吃掉
在他们还是那么可爱之时。"
这里说的和小鸡已不是一件事。

一只小鸡从桌子边缘掉到地上
没有人把它捡起来放回桌上。
有关爱的话题仍在继续
"可爱和可爱者分离是必然的,就像
爱和所爱必然分离一样
是人生必经的考验。"
桌腿所在的黑暗中
小鸡正经历属于它的考验。

晴朗的下午
　　——致 QM

我看见一个清净的人
眼里闪光,但没有欲望
汉语说得生硬,但对造句敏感
"如果你愿意,如果你不愿意……"
看着白墙,就像看着草原。
他坐得笔直
像生来就被截肢。

我在想,像他这样活着真是不错
或者有这样的人活着真是不错。
而且他还这么年轻
只会随时光的流逝简单地老去
不会因历经沧桑而性情大变。
就像此刻窗台上的那尊佛像
因光线的变化改变了颜色。

肖像

他的生活很贫乏
可悲在于他知道这一点。
活动范围狭小,交往的人有限
老城的小街上有一家每天必去的咖啡馆。
据说他终身未娶
有爱人就像没有一样。

也许这是故意渲染的效果
力图道出存在的本质。
这得需要多么丰富而敏感的内心?

有一天他读到了一位圣人
把自己砌进一栋石头房子里
他说这是他所理解的广阔。
在那栋房子外面的街上
他走着,黑衣高帽
寻找进入的门户
我们听见了单调的手杖声。

游轮吸烟记
　　——给曾鹏

在大海上吸烟你必须找到烟灰缸
它就挂在舱室的外墙上
完全不像是一只烟灰缸。
面朝大海,但也只是一只烟灰缸。

海上不是吸烟的最佳地点
你应该吸入海风,再吐出海风。
吸烟构成了浪费,而浪费的本质
即是你强调的奢侈。

两个奢侈的人在大海上吸烟
从左舷到右舷
从一个烟灰缸到下一个烟灰缸
就像在北京的长安街上转弯
(长安街上有弯吗?)

可以看一眼大海,也可以完全不看
只要知道是在大海上吸烟就足够了。
压根儿没有香烟的味道
海风把烟气全刮跑了
但你必须坚持,紧捏着烟屁……

平静的大海没有嘲笑我们。

给普珉

有时,我心中一片灰暗
想找一个远方的朋友聊一聊
因为他在远方。

他的智慧让他卑微而勇敢地生活
笑容常在
像浑浊世界里的一块光斑。

走路、买菜、坐单位的班车……
他酿造一种口味复杂的酒
把自己给灌醉了。

我常常想起他的醉态可掬,他的酒后真言。

他在一张红纸上写了一个黑字"白"
我在白纸上写了一个红字"黑"。
事情就是这样的。

我们可以聊一聊
卑微的生活,虚无的幻象。

致煎饼夫妇

时隔五年,这煎饼摊还在
起早贪黑的小夫妻也不见老
还记得我要两个鸡蛋、一根油条。
人生而平等,命却各不相同
很难说他们是命好还是命孬
只是甘之如饴,如
这口味绝佳的煎饼。

时机一到,他们就要回到家乡
干点别的,但决不会再卖煎饼。
他们会做梦:女的摊饼
男的收钱、装袋,送往迎来。
干这活的时间的确太长了。

无论酷暑还是严寒
还是上班的早高峰
或是悠闲假日
总是推车而出,在固定的街角。
即使最严厉的城管也会为之感动
道一声,"真不容易啊!"

致杨黎

亲爱的老杨
你想象自己是一位邪恶的大师
大师是必然的,但邪恶已经瓦解
没有镜片的眼镜后面是一双真正的裸眼。
你迷恋过的少女的美腿
如今就长在自己身上
于北京深秋时节的胡同里
轻盈地走动。
我们还是别谈荷尔蒙、肾上腺和多巴胺吧
大师是和降压灵、胰岛素、马应龙在一起的。
亲爱的老杨,你真的错了
但却以错误的方式正确得光芒万丈。

致 L

一件事发生在他身上
对我来说只是消息。
碧水蓝天,季节的馈赠不合时宜
我的欢愉就像偷生。

我俩始终走在各自的路上
但他已进入了死巷
就像此刻,在海边这个荒僻的小渔村里
我们的车拐不出来。
瓦楞间的明月是另一种流浪
无情看着有情。

致敬卡瓦菲斯

他的心里装了一把沉重的锁
打开,就看见一场淫乱。
就像一个可悲的孩子
想代替骑在妈妈身上的父亲。
但实际上他不过是一个老人
既衰弱又卑鄙,痛苦地走掉了。

他知道她会以一种更柔和的方式爱他
在一个街角上,认出那个老乞丐。
她把他领回去,热汤热水。
她把那个年轻人赶到外面去
在床上爱抚他,甚至还有口交
像餐后甜点。在这爱情的怀抱里
他从幼稚到强壮再到凋谢。
那应该是一张临终的床
是他未曾和她共度的一生。

致敬卡瓦菲斯(二)

晚上闷热
夜里要下暴雨。
因为那场淋漓尽致的雨他觉得可以忍受。
他觉得忍受即是渴望。
他想象一个即将到来的日子
陌生的山谷和雨的气味。
夜里他趴在一具此刻也在忍受
(忍受爱情)的身体上
一面抽送一面哭泣。
那场雨要到夜深人静
某种静静的释放和狂暴。

致某人或一个时代

一个人开始衰老
但他的影子依然年轻
落在人行道上的投影深黑
他的声音里带着尘沙。这是
来自他的有力的一握。
空气干冷，友谊紧缩，又像他的脸
因良好的弹性瞬间舒展
化作天桥之上蔚蓝的天空。
越过他的肩膀
我看见了北方广袤的城乡。

然后他走了
向天桥的另一头
风使他的脊背晃了一下——
一个时空的切点。
他再次佝偻如乞丐
身后的破大衣卷起漫天灰霾。

他的头发那么白
　　——给钱小华

平安夜,我们在天上航行
看见舷窗外的一轮明月
光芒四射,照进了客舱
照耀着坐在我身边的基督徒朋友。
他告诉我他梦见了上帝
耶稣拉着他的手走在阳光里。
"他的头发那么白,不,那么金黄
披垂在肩上……我们就像父子一样。"
我的朋友五十岁
而耶稣永远是一个青年。
"他的头发那么白……
上帝可怜我这个孩子……"
这是可能的。然后
我睡过去了一会儿。
半梦半醒之际涌起某种异样的敏感
能感到我们正飞过云层下面的一个小村庄
似乎就是他诞生的那个小村庄。
上帝是一位古老的圣婴
怜悯我们这些未来的老人,是可能的。
"他的头发那么白……"
像此刻天上的月色清辉。

诗人

在他的诗里没有家人。
有朋友,有爱人,也有路人。
他喜欢去很遥远的地方旅行
写偶尔见到的男人、女人
或者越过人类的界限
写一匹马、一只狐狸。

我们可以给进入他诗作的角色排序
由远及近:野兽、家畜、异乡人
书里的人物和他爱过的女性。
越是难以眺望就越是频繁提及。
他最经常写的是"我"
可见他对自己有多么陌生。

长东西

他拿着那根长东西开始走楼梯。
变化方向,长东西跟着旋转。
必须小心翼翼,不能损坏楼道内的墙壁
这就需要一定的角度和技巧。
他在那儿耍弄那件长东西的时候
34楼的业主和工头正互发微信
"怎么还没有开工?"
"早就开始送料了。"
实际上,自从走进"安全通道"他就再无声息。

业主和工头继续着他们的催促和推诿
没有人提到那个正在走楼梯的人。
工头是不屑于说,而业主想不到
(他只是惦记着电梯门)。
那个人继续走着
带着那件被汗水擦亮的长东西
暂时与世隔绝,并逐渐从深渊升起。

忆西湖
　　——致毛焰

他们把饭店开到了西湖边
很多灯光映在黑色的湖水里。
湖面平静,岸上却卷起生活的声浪
没有人看向窗外这个大湖。
倒是那湖看向灯光
它的觉知随雾气上升
当食客们醉意上头
清明也随之转移到了湖上。
意识继续后退至黑暗的湖心
对面的几点灯火就像星星低垂
若干条水路闪亮而危险
在水和陆的交接处
有浪涌般的意志震颤。
这时一个人离开了席间
去湖边坐成一块石头的影子。
他一动不动,酒杯放在脚边,直到
同伴们叫嚷咆哮着出来呼唤
这才起身应答
一面饮尽了杯中酒。

母亲的房子

这是我母亲生前住过的房子
我仍然每天待在那里
一切都没有改变。
空调坏了我没修
热水器坏了也有两年。
衣橱里挂着母亲的衣服
她睡午觉的床上已没有被子了。
母亲囤积的肥皂已经皱缩
收集的塑料袋也已经老化
不能再用了。
镜子里再也照不见她亲切的脸
但母亲的照片仍然在,并且
不是加了黑框的那种。
母亲喂养的狗还活着
照顾母亲的小王每天都来
也没有多少活儿可干,只是
把这个简单的地方收拾干净。
一切都没有改变
我每天烧香并且抽烟
不免香烟袅袅。三个房间
一间堆放书刊,一间如母亲生前
(那是她的房间)

我在最小的房间里写作
桌子也是最小的。其实那是
妈妈当年用过的缝纫机。
真的,一切都没有改变。

狗会守候主人

狗会守候主人
小孩会等待妈妈
他领着一条狗走出去很远。
那时辰天地就像是空的
田野里没有人,收工的喧哗已过
他并不感到寂寞。
一路看着西天,路却是向北的。
有一阵他被晚霞吸引
忘记了自己的目的
就像妈妈把他和小白留在了这世上
他并不感到寂寞。

我守候的人已经故去了
跟随我的狗也换了好几条
这里是多么地拥挤和喧闹。
在那空空如也的土地上妈妈回来了
推着她的自行车
我听见了铃铛声。
接着天就完全黑了。

忆母

她伸出一根手指让我抓着
在城里的街上或是农村都是一样。
我不会丢失,也不会被风刮跑。
河堤上的风那么大
连妈妈都要被吹着走。
她教导我走路得顺着风,不能顶风走
风太大的时候就走在下面的干沟里。

我们家土墙上的裂缝那么大
我的小手那么小,可以往里面塞稻草。
妈妈糊上两层报纸,风一吹
墙就一鼓一吸
一鼓一吸……
她伸出一根手指让我抓着
我们到处走走看看
在冬天的北风里或是房子里都是一样。

玉米地

很多奇异的事发生在夜晚
玉米地里站着一个白衣人。
外公走过去,听见落水的声音
这之后玉米地里就只有玉米。

比人还要高的玉米
在月光下舞动无数条手臂
外公看见的是一个鬼,还是一个贼?

大胆的外公一直走到了小河边
夏夜的水面上有一些动静
一条绿蛇缠住一只绿蛙
即使在朦胧中外公也看清了那绿色。

他是否会觉得自己也是一个鬼?
但至少,现在已经是了。
亲爱的鬼站在我家屋后的玉米地里
月色染白了他的衣服。

梦中他总是活着

梦中他总是活着
但藏了起来。
我们得知这个消息,出发去寻父。
我们的母亲也活着
带领我们去了一家旅馆。
我们上楼梯、下楼梯
敲开一扇扇写了号码的门
看见脸盆架子、窄小的床
里面并没有父亲。
找到他的时候是我一个人
妈妈、哥哥和我已经走散。
他藏得那么深,在走廊尽头
一个不起眼的房间里
似乎连母亲都要回避。
他藏得那么深
因为开门的是一个年轻人
但我知道就是我父亲。

河水

父亲在河里沉浮
岸边的草丛中,我负责看管他的衣服
手表和鞋。
离死亡还有七年
他只是躺在河面上休息。
那个夏日的正午
那年夏天的每一天。

路上偶尔有挑担子的农民走过
这以后就只有河水的声音。
有一阵父亲不见了,随波逐流漂远了
空旷的河面被阳光照得晃眼
我想起他说过的话
水面发烫,但水下很凉。

还有一次他一动不动
像一截剥了皮的木头
岸边放着他的衣服、手表和鞋。
没有人经过
我也不在那里。

梦中一家人

最好的生活已经过去了
我领你去看这梦中一家人。
从泥墙上的窗户看进去
有爸爸、妈妈、爷爷、奶奶
和两个孩子。

油灯虽暗,亮堂的是他们的心
影子里的四壁也被收拾得一尘不染。
他们只是笑着,但不说话
动作很慢很慢
像鱼在水里不被惊扰。

难道说他们已经死了?
可其中的孩子还活着呀
并早已长大成人(他们中的一个是我)。
这只是梦中的一家人
那么的温暖、和煦。

爱真实就像爱虚无

我很想念他
但不希望他还活着
就像他活着时我不希望他死。
我们之间是一种恒定的关系。
我愿意我的思念是单纯的
近乎抽象，有其精确度。
在某个位置上他曾经存在，但离开了。
他以不在的方式仍然在那里。

面对一块石头我说出以上的想法
我坐在另一块石头上。
园中无人，我对自己说
他就在这里。在石头和头顶的树枝之间
他的乌有和树枝的显现一样真实。

红霞饭店

饭店的名字叫"红霞",朝东
似乎真有霞光映在楼面上。
只是那些光有些陈旧
不像是朝霞而像晚霞。

父亲坐在油漆被磨光的地板上
也不觉得热
蚊虫不再叮咬他枯瘦的身体。
如果你在一个夏天病重并逐渐消逝
那一定是一个舒爽的凉夏。

饭店的楼下有一家布店
母亲喜欢走进店里,待在花团锦簇中
也不买什么,摸摸看看就觉得平静。
那儿有霞光一样斑斓的色彩。

有一天,我突然想到布店的名字:
布布布布布布。
"不,不,不……"我听见母亲说
只是她的声音有些陈旧。

孤儿寡母

他不敢回到那个家
总觉得会有事情发生。
他不敢不回去,因为如果出事
需要善后、处理。
接近那扇门,步履越发沉重
在楼道里站一会儿,抽根烟再进去吧
开门的时候手像酒鬼一样颤抖。
他就是一个酒鬼
每次都幻觉大起
不是火灾就是盗灾
有人横尸床上。

他的母亲也在担心
不是革命就是车祸
他横尸街头。
母子俩想到一块儿去了。

直到熄了灯
在各自的房间里躺下
黑暗里就再无忧惧。
就像他们可以去死了
或者已经死了。

我们不能不爱母亲

我们不能不爱母亲
特别是她死了以后。
病痛和麻烦也结束了
你只需擦拭镜框上的玻璃。

爱得这样洁净,甚至一无所有。
当她活着,充斥各种问题。
我们对她的爱一无所有
或者隐藏着。

把那张脆薄的照片点燃
制造一点焰火。
我们以为我们可以爱一个活着的母亲
其实是她活着时爱过我们。

梦见外祖母

昨夜,我梦见了外祖母
被遗弃在我们走后的村子里。
我们进了城,隐瞒她的老病痴愚
就像隐瞒家族耻辱。

这样的事从没有发生
我只是在梦中抵达了一个所在
醒来时发现连我母亲也死去多年
很多世代都已经过去了。

阳台上面月色正好
多像我清明空虚的牢笼。
愿所有的生者和死者都各得其所
小如镍币的月亮飘过那些形状各异的窗口。

离去

我就要远走他乡
和一个朋友已经诀别过
他不会等我回来。
我们的感情虽好,但交情没到那份上。
平静,就像今天的好天气
会维持一天。
树站在无风之中
就像这之前或之后的一段时间。
垂亡让他变得干净了
空洞的眼神那么舒服。

离去（二）

天晴了
释放了阴郁。
我挎着狗包在路边打车
包里装着我的小狗。
很长时间都没有车来。

地面有一些水迹
世界有一些空
花草有一些绿。
我的朋友此刻
还躺在病房的黑暗中
脸色越来越苍白了。
就像窗外渐渐透露的晨曦。
小狗的叫声像鸡啼。

大象皮

我们去告别
隔着被子我抱了抱他
把头放在他的胸前好一会儿。
我握着他的手,冰冷的
但却像在融化。
这是我们和他诀别的时间。

他的眼睛是最后消失的
从早晨开始它们就一直瞪着。
现在是中午,我们离开医院走到了街上
它们还没有合上。

我多么想抚摸那双眼睛
就像玩手心里的两粒大象皮——
有人在网上刚刚展示过
并让我们猜:那是什么?

斯大爷
　　——送微粒

天还黑着,我们开始集合
去参加一个朋友的葬礼。
二十年前也是这样,死者很年轻
但今天离开的人已经半老了。

送别的队伍里仍有年轻人
大多是他生前的"滑友"
我们一个都不认识。
这几年他迷上了轮滑
找到了组织,他是
轮滑一族里身手矫健的"斯大爷"。

鼻尖上面有一点灵
后来转移到他的衣领上
阳光透过雾霾辉映那镜框
回眸一笑看着他的队友。
他比二十年前离开的小夏还年轻
比我们以为的朋友更多。
斯大爷走好!

梁奇伟

月亮从湖面升起
我的脸一半在水下,一半在水上
以这样的方式和月亮对视。
身后的堤岸上,那五年后将被枪决的伙伴
吹奏着一支口琴。

月亮升高了
波光晃动了画面。
小伙伴们的身上长出了鱼鳞。
我拼命地拍打水面
他也扔下口琴跳进水里——
似乎这样就可以不死。

那颤抖的月亮,银色的路
和口琴上的绿塑料……

路遇

她一溜烟地骑过去了
摩托车后带着女儿
和我打了一个招呼
女孩儿回头看了一眼
眼眸那么清亮。昏黑中
车灯照亮了街边的一排绿树。

已经是春天了
葬礼的第二天
她们的轻快让我猝不及防。
她的丈夫死了,而她活了过来
只有女孩儿的眼神如故——
在葬礼上也是那么瞪着。
她始终没有流泪。

那粒泪此刻从我的眼睛里流出:
她们还要活下去,并且
这就开始活下去。
她一溜烟地骑过去了
一溜烟……

春纪

已经快到夏天了
他这才闻到春天的气味
迟缓,但毕竟松开了。
他从一个冬天直接走进暮春
在一个傍晚,唯一的傍晚。

他的步幅不免有一点奇怪
像蹦跳舞蹈
而他的爱人早已现身初夏街头
穿着短袖衣服。
他爱的人在镜中,像被晚风摇曳。

只是他的死人还蜷缩在地下
紧握着自己,那些新鲜的、陈旧的……
他也曾和他们在一起
并肩走过季节的边缘。
春天很快就过去了。

喜欢她的人死了

他喜欢她,而她喜欢我。
喜欢她的人今年死了
她,我去年见过一面
也已经老了。

前些年她去国外做心脏手术
电话里向我托孤
所有的内容都是他代为转告的。
当时他身体健康,只是为她担忧
也为自己不平
"为什么她不把孩子托付给我?"

然后我见到了她。
手术相当成功,但医治不了衰老。
"现在我们可以像以前一样
打牌一打就是一个通宵!"
我点头,但心里拒绝了
这以后再也没有联系。

不知道她是否知道他的事
他病重和后来的追悼会上她都没有出现。
喜欢她的人死了

剩下的只是她喜欢的。
我也不会和她回到从前
打牌一打一个通宵。

雪意

走在路上看见下雪
待在房子里,意识到外面正在下雪。
就像某晚喝醉了
也有不同。

酒后我浑身发寒
想念一个滚烫的身体
而这会儿我是滚烫的
就想那层薄雪下冰冻的逝者。

寒热制造了无限距离。

悼外外

今天天气特别好
这是一个死亡发生以后的好天气。
总是这样,天高云淡
而某人已去。你会想
行色何必如此匆忙
既有天清地宁的日子
你我何妨结伴再走一段?
就在下面的这条小巷里走
有你甩膀子的空间
有你的一双色眼溜来溜去的余地。
晃晃荡荡,没心没肺
一直走到天黑上灯。
我们可以继续在夜色如水里走。
但如果你坚持,也可以不走
只是不要往下跳
让生活呼啦啦地掠过我们。
生死相对运动
而你我不动。

变化

搬家以后,下了一场雪。
搬进新的工作室,下了一场雪。
星星死后,下了一场雪。
跨入新年,下了一场雪。

这是同一场雪
覆盖了我走来的路
雪落在新居的屋顶上
窗外的竹林已被压弯。
门前戗着一把铁锨
你可以自己动手铲雪。

傍晚时分,下班的人在街上走着
努力回到温暖如春的家里
我也要回到一个新地方
打开空调、电暖气
努力使室内升温。
暮色中院子的墙脚上有一堆残雪
像星星火化后留下的骨灰。

注:星星是诗人喂养的一条小狗。

隔着窗框
——给外外

站在 34 楼的阳台上抽烟
窗户大开,空气新鲜
没有一丝地面的气味。
一缕烟飘了出去
穿过房间里映出的灯光呈现灰白
但它不会继续下沉。
城市灯火在下面
像在海底一样微弱
像他非人类的眼睛。

我不会像烟雾那样飘出去
你也不会游上来。
隔着几乎是抽象的窗框
我们互相诱惑。

悲伤或永生

有人死了,但豆瓣还在
仿佛在网上可以永生。

有人活着,却消失了
微博里最后的留言是
"无论你是谁,在什么花期
都要活得如此蓬勃呀!"
配图是一张枫叶火红的快照。

我的猫在现实中获得了永生
土丘之上立着一排垂柳。
柳丝拂地,风景绝佳
埋她的地方古意盎然并且特别。

我企图在我的作品中永生
打开,其中有一段记述:
生产队长摩挲着床上垫的狗皮褥子对老陶说
"这是你们家小白的皮,暖和着呢!"

注:狗皮褥子的情节见韩东的长篇小说《扎根》。

岳父

岳父如今不说话了
他做手势。
满是针眼的手转一转
就是把床摇起来
挥一挥,就是"OK, OK"。
动作非常轻柔
有时你会注意不到
他就不断地重复同一个动作。
不是不可以开口
但那样会暴露他的虚弱。
亲爱的岳父爱上了做手势
我想是因为尊严之故。

悼念

有一条路是从家到医院到殡仪馆到不知所踪
他们说是从安适到病苦到抗拒到解脱。
这是一条直路就像一意孤行
他们说是轮回你会回到原来的地方。
当你离家时我们全都在这儿
而当你归来所有的人都已经相继远行。

有一条路是从家到楼顶到地面到殡仪馆到不知所踪
他们说是从心痛到挣扎到终于解脱。
这是一条断头路你一意孤行
他们说就像轮回你会一次次回到楼顶。
当你在那儿时我们全都不在
而当你飞翔时所有的人都在下面爬行。

"到处都是离开家的路"——诗人写道
但没有任何一条路可以带你们回来。

注:"到处都是离开家的路"引自外外的诗作《来去之间》。

安魂小调

下雨了。
雨是休息。
我们在雨帘后面,他们在雨水当中。
我们终于可以缩进沙发
看一部庸俗电视剧,他们终于摆脱了死味儿
闻起来只有雨味儿。

沙沙,哗哗……

通常每天晚上我们互道晚安
但在这个雨夜,我们对他们说:
安息。

又回到了医院附近

我们又回到了医院附近
回到了安静的雨夜小巷。
没有谁可以走出去很远
也不会有人前来
即使是垂危的病人也是属于我的。

我们沿着那道围墙又绕了一圈。
这周边有我们刚建立起的日常生活
下决心在这儿待下去
但现在仅仅是一种纪念。

饭馆关门,旅店打烊
医院里照样有人进出
但已经和我们无关了。

我们就像雨水来到这里
黑夜来到这里
不分彼此近乎空无的伤感。
黑色的路面上有一枚亮亮的石子,宝石一样
瞬间消失又在别处闪烁。

看雾的女人

她立在窗边看雾
什么也看不见
于是就一动不动,使劲地看。
而我看着她,努力去想这里面的缘由。

远处大厦的灯光从明亮到模糊到彻底消失
难道她要看的就是这些?
当窗户像被从外面拉上了窗帘
她也没有离开。背对没有开灯的房间
也许有影子落在那片白亮的雾上。

她看得很兴奋,甚至颤抖
很难相信这是一个刚刚失去父亲的女人。
大约只有雾知道。

死神

我想起他的眼睛
使劲地瞪着。
也许没有瞪但睁得很圆。
面色红润,像上了油彩
说话的声线也有变化。
似乎他从来没有这么精神过
无论病前还是术后。
有一种期待是陌生的,我说不上来。
他向我们展示走路、弯腰
手扶住病床栏杆转脚脖子
左转一下右转一下
他的所作所为甚至可以称之为轻佻。
病房里笼罩着一片黄铜色的光
这个人几乎没有影子。
他是我岳父,但说到那会儿
我只能称其为"这个人"。
三天后我们收到噩耗
我又想起了那片黄色的光
和此刻窗外下午的阳光无缝对接。

石头开花

黑咕隆咚
两个小人儿坐着。

坐在石头上
坐在石头中。

石头里的光
厚实的房子里的光
暗淡,却是他以为的遥远。

很硬的风吹着石头
把山吹得叠摞起来。

石头开花
香气弥漫
丝毫也没有人味儿。

华盛顿记

最强大的帝国的心脏
舒展如花园。
不是血红色的
发出阵阵白光。
白色的方尖碑,白色的墙
白宫里面住着一个黑人。
他走向绿色草坪
影子和白人一样黑
离开以后,是我们这些
五颜六色的游客。
其中或许混有恐怖分子
无色无味,隐形的。

神秘女性

节日空旷,如无人大街
我站在街上听四面八方的爆竹声。
看不见烟尘和闪光,看不见你
你的闪烁带给我悠长的白日而非黑暗。

我把你的照片拿给友人看
神秘女性,而你的故事却是杜撰。
胯下的战马、你的矛
河流对岸你如何与一位骑士平行一段。

无人大街,或是青绿荒野
我站在那儿就没有挪动过。但场景置换了。
曾追随你青春的丽影直到日暮时分
天亮以后便来到这座节日的空城。

我把你的照片拿给他们看
神秘女性,被裁切的半身。
那条漂浮着你影像的河汇聚到一只酒杯里
另一个女人喝了它。我盯着她看,看她的红唇。

照片

突然我就不疼了
突然,咔嚓一声
就拍了一张照片。
疼痛随桥下的流水而去
我看见了枝繁叶茂的夹竹桃。

我意识到我所在的街角
平静得就像一张老照片。
贩夫走卒中我认出自己
凭借那张肿胀得变了形的脸。

我为什么不可以很丑呢?
为什么不可以很穷呢?
就像照片上的那些风物人情
痛苦的生活已经过去了。

藏区行

总是有辽阔的大地
但你不能停下
停下就有阻挡
身陷一个地方。
草在草原上扎根
田鼠在田里打洞
人活在村子上杳无音信。

必须有速度
有前方和后方。
掠过沉重的风景
让大山变远山
雪峰如移动的白云。
青稞架上还没有晾晒青稞
古老的房子里来不及住进新鲜的人。

总是有辽阔的大地被道路分开
有两只眼睛分别长在左边和右边。
总有人不愿意停下
像此刻天上的鹰
更像一根羽毛。

阳台或我的一生

我有一个窄小的阳台
被用于年轻时代的夜晚
和一个很瘦的朋友聊天
每年他都飞来南京,降落于此。
我们一起嗑瓜子,聊文学和爱情。

我和一些女性聊天
那是在事后,不应期。
路灯从里面照亮了梧桐树的叶子
那么多大而薄的叶子呀
在夜风和灯光里翻转。

在我前女友家的阳台上
我把毯子披在她身上
我们一起看八月十五的月亮。
听见她用圆润的声音说
"你是一个好人,你们全家都是好人!"
口气就像诅咒。

而此刻,在我新家的阳台上
我的小狗正抬起后腿撒尿。
尿液滴落在报纸上

就像释读我的一生。
之后他回到了房间里
我仍然不愿离开。

温泉之夜

我们泡在温泉里
四下里一片漆黑。
能看见遥远的星
并且越集越多。
谁的眼睛混在其中偶尔一闪?
发光的事物还有烟头
一概那么细碎、尖锐。

后来有人说起了大雪之夜
池水就更加黑暗。
他们说的是冷与热、黑与白
我却听见了寂灭。
密密的雪花漫天飞舞,看不见星星
或者我们就在死去的它的上面
泡温泉。

割草记

那些不知名的巨草长在湖边的浅水里
船像云一样飘在它的半空。
船上的孩子跳进水里站起来
就没有那些草高了。
挥舞柴刀,砍树一样他们把草砍倒
拖上木船以前在水面上漂上一阵
几棵巨草就铺满了船舱
和仍然站在水里的草一样绿。
夕阳无一例外,把船和草涂成金色。
之后,孩子们把柴刀和衣服扔上船去
开始在明晃晃的水里玩耍。

整整一个下午
直到有人踩到了石头
那股浑浊的红色冒上来以后天就突然黑了。
船上的青草失色,像枯草一样。
孩子们上船,瑟索着。
船像云影一样漂过月下宽阔的湖面。

彩虹

上山的时候开始下雪
或者,那山上一直有雪。
我看见车窗两侧的风雪西藏
村庄和羊群在雪毯的覆盖下。
道路泥泞,细如食草动物的肠
冒着热气。
雪片一大股一大股地赶到前面去
旋即转身,扑面而来。

所有的人都端着长枪短炮
摄下这满溢的空无。
画面呈黑白两色。
我也边拍边看,直到负片变成正片
一道彩虹
将收藏已久的色彩释放于典型的西藏蓝天。

青年时代的一个瞬间

冬天有冷雨冷雾
我坐在面条摊上吃一碗热面条。
静静的激越使我的镜片模糊
她冻红的手指上沾着白面粉。
那些尚未腾达的穷人和我一起吃,用力吃
那些年轻人和打工仔。

老板站着,一时愣神
看着异乡凄冷的街道,直到有人喊
"还有辣油啊?"

她冻红的手指在我眼前晃动。
我很想去他俩的家乡也开一个面条摊
下着冷雨,或者在雪地边缘。
我想走得更远一点。

三叶林场

我们去了三叶林场
樱花已经凋谢。
又看见了四十年前的麦地
外国友人下车拍照。
这里没有劳动的场面
没有挥汗如雨
麦地平静如池塘
麦子像观赏植物。
也可能是一些野麦
是麦子的前生或回忆。
我们走走看看
天上的云也不翻也不卷
一条新铺的水泥路通向一个死掉的村庄。

无人大街

他对无人大街情有独钟。
深夜时分,渣土车呼啸而过
他对这之后的寂静情有独钟。
不需要知道街名,在哪座城市
突然他就被抛到了街上
在一条无人大街上醒来了。
长夜漫漫,还没有过去
灯光烁烁,只照耀灯杆。
就像是从渣土车上掉下来的一块水泥
从运家禽的车上掉下来的一只鸡
从运垃圾的车上掉下来的一片垃圾。
突然静止,又被风吹着慢慢地向前而去。
他愿意自己是一团灰
被吹过一条无人大街
无街名,无阻扰。

超级月亮

今晚有超级月亮
我走在它的光明里
园子里的灯可以熄灭了。

所有的路口都悬挂着那明灯
所有的面孔都转向了它
所有的思想和怀念……

向着不同方向而去的人
在他们之间有着同样皎洁的事物
可谁又能拒绝这致命的祝福?

超级月亮溢出了自己
我们在消融后溢出边框。

末班车

他总觉得有人在观察自己
车窗,一个侧脸。
深夜的末班车上已没有其他乘客
他仍然保持着某一姿势。
夜色让他感动,而他在夜色里
激越的心体会着不凡的沉静。
他的表情严肃,皮肤也紧
射入车内的光在其上游移。
末班车进入一个漆黑的街区
司机的背后有两只烁亮的瞳孔。
他觉得自己是一匹孤狼。

直到今天我才看见了他——
作为期待中的权威和观察者。
他的骄傲和孤僻也一如我
只是同样滑稽。
并且由于年老色衰
我们都不再乘末班车了。

逝去的草房之歌

夏天的光临照一栋草房
房子是新起的,屋顶于是金黄。
村上其他的房子相对灰暗
顶上的草已失去新鲜的颜色。
有的黄黑,有的全黑,有的灰白了
(像老人稀疏的头发披垂下来
中间还有头缝)。
但整个村子依然美丽
因为有盖了新草的房子承接夏天的光
就像一潭死水接住暴雨。

新起的房子也会变旧
变灰变黑
但村里总有人家盖新房
总有强光如瀑的夏天。
于是就有一块块的金黄
在村庄的绿色树后在时间的池塘里明明灭灭。

清晨,雨

他听见墙外在下雨
之后出门走到街上。
清晨的雨落在树叶和雨伞上
地面闪着漂亮的雨光。
车辆驶过,响起泼溅声。
他斜斜地穿过马路
雨斜斜地划过天空。

从房子里携带的热量逐渐消散
他的四肢开始变冷
树枝一样沾着雨水。
湿重的脚树根一样地迈了出去
他已成为一件雨中的事物。

一个冒雨疾行的人
思想是一个紧闭的房间
他从那儿隔窗望着自己。
雨中的他想无所想地走了下去。

这个清晨是和雨一齐结束的。

雨

雨下得很大
我专注于雨水的声音。
也想录一段寄赠你
我们一起用四只耳朵听这原始乡音。
持续不断,简化万象
当世界重返荒野丛林
身体的动物性反倒止息了。

几个字

我不喜欢那几个字
但我喜欢那些字的颜色
安静、性感
那么粉红的光那么镇定。

我已经抵达了一个安全之所
我已得到那淡漠的微笑。
我可以毫不费力地看着
毫不费力地站在这儿。
我和那几个巨大的字在一起。

很甜的果子

我吃到一个很甜的果子
第二个果子没有这个甜。
第三个也没有。
我很想吃到一个比很甜的果子还要甜的果子
于是把一筐果子全吃光了。

这件事发生在深夜
一觉醒来,拧亮台灯
一筐红果静静放光。
然后,果子消失
果核儿被埋进黑暗
那个比很甜的果子还要甜的果子
越发抽象。

亲爱的人中间

亲爱的人中间有一类是死者
他们永远在那里。
无论远近,和我总是等距离。

有一类是离开的人。
已经走了很久
打开这扇门就能看见:
背影越来越小,但永不消失。

第三类是被隔绝者。
我向你走近,走到如此之近
但不可触摸。
你永远是我亲爱的人。

两只手

她把手放在粗糙的木头桌子上
他把手盖在她的手上。

他说：我们的手真的很像。
也可能是她说的。

接下来的那个说
一只大手，一只小手
只是型号不同。

他说：我的手就像你的手的手套。

上菜以前他们就这么一直说着
突然就感到亲密得刻骨
好像不把她的手塞进他的手里就无法缓解。

由于一些原因

由于一些原因我待在水下。
水是清澈的,不流动的。
我希望像在石头里一样不动摇。

天黑了我就待在黑水里
没有声音,也没有光。
而寒冷是水的属性。

星光

当星光抵达的时候
那颗星星已经死了。
我们看见的又是什么?

无限的时空把表象和实在剥离开
星星的表象就是星星的实在
挂在窗前树梢上。

我把属于我的你和你剥离开
你陪我坐在这儿。
再没有别的你。

医院素描

医院是另一个世界。
喧哗，是家里的顶梁柱倒塌。
寂静，是死神莅临。
那里的居民也吃饭
胃管直接插入小肠。
也排泄，通过完美的造瘘。
也睡眠，在镇痛棒的作用下。
也有性爱，在全麻以后的睡梦中——
在那些梦里他们也有诱人的形体和欢笑。
也有事关金钱之事
住院费或医药费拖欠太久。
也有权威、白衣天使和魔鬼
皆由亲爱的医生护士扮演。
他们下班回到这一个世界
就像回到久违的天堂
需要临窗喝上一杯。下面
探视者如过江之鲫
陪护、打杂的是一帮小鬼儿
发小卡片卖病号饭的耗子一样
在俯瞰的大楼内外穿梭。
突然一声庄严的佛号升起：
南无阿弥陀佛

在医院的楼宇之间

在医院的楼宇之间,一些人走着。
在那座摩天大楼里,一些人在电梯里上下。
一些人躺卧在病床上,已数月不起。
一些带轮子的担架在楼道里滑行。
一些轮椅空着,等待着
像秋日变凉的怀抱……

如果你恰好走过空地,又没落雨
就会看见炫目的蓝天白云和
灵魂之鸟。所有这些走着或躺着的人
都是在经过这里时不慎跌落的。

自由

有时非常偶然
你突然就置身于自由中。
非常突然和偶然,完全在意料之外。
就像这个雨后的晚上因为忘了一件东西
要返回某地去取,突然
我就在出租车上了。
街道宽阔无人,车辆疾驶
灌进车窗的风呼呼地吹着我
在那动荡中有一种深刻的平静。
拿上东西,我乘同一辆出租车返回
自由的感觉仍未消失
就在我们因往返而遗忘的两地之间。

失眠

有时,你无缘无故地失眠
不是为了一句诗,也不是为了某个人。
心中无事,以为可以睡一个好觉
但突然就醒了。你闭着眼睛把自己关在里面
睡眠所需的空间不是一个房间或者一张床
而是身体伸展或扭曲构成的黑暗。
你悬浮在那里,只有睡着了才会降落。
不是一个梦,也不是现实
只是一个空洞需要填补。
你的生活在此处豁开
失眠使其绽放——一朵黑色的无影之花。
一个大蘑菇。

工作室

这个地方在城市边缘
非常偏僻。到达时
街灯把林荫小路映得雪亮
又静又亮。我的工作室就在这儿
但我不会工作到黎明。
我只是很偶然地来到了这里——
就像某人的故居
和树林后面的江流一样永恒。

仅仅是把影子映在那面白墙上
就足够幸运,更何况
一道铁门正为我徐徐移开。
我不想进入到这个幽深而芬芳的院子里
为时尚早。让我在外面站一会儿或者走一会儿
走一会儿再站一会儿。

冬日小景

阳光照亮了河滩
那片草地是黄白色的
也是冬天阳光的颜色。
一个穿黑棉袄的人刚才站在那里
现在不见了。
当他站在那儿的时候,非常不真实
他的棉袄太黑了,新崭崭的。
他拢着袖子站在那儿
一动不动,看向我的窗户
风景于是有了一点进攻性。
他走了以后河边恢复了平静
阳光的亮度也跟着下来了。
我可以很轻松地看出去
意外地发现对岸有一座土丘
上面站着几棵树。
幸好它们不是人。

默契

深夜,我们走在街上
听着两个人的脚步声
彼此不发一言。有一种
走向某处或者任何一个地方的默契。

河边传来一个女人放肆的笑声
那是被一个男人逗乐的(我猜)。
但听不见男人的声音。
这是另一种默契
滞留此地的默契。
我们很快就走过去了。

除此之外,深夜的事物
就只有眼前这条直路。
河水奔流在附近的黑暗中……

戏剧

两三个朋友,两三个敌人
两三个家人,两三个爱人。
不能太多,但也不能少于两三个。

现在,他们(两三人)
坐在这里和我吃一顿晚餐。
其中有我的敌人、我的朋友
有一个曾经是我的爱人。

一道追光照亮了杯盘狼藉
有一个人此刻只是位置
是一把沉默的高背椅。
但也无须加以增补——
已经到了结束之时。

风吹树林

风吹树林,从一边到另一边
中间是一条直路。我是那个
走着但几乎是停止不动的人。

时间之风也在吹
但缓慢很多,从早年一直吹向未来。
不知道中间的分界在哪里
也许就是我现在站立的地方。

思想相向而行,以最快的速度
抵达了当年的那阵风。
我听见树林在响,然后是另一边的。
前方的树林响彻之时
我所在的这片树林静止下来。

那条直路通向一座美丽的墓园
葱茏的画面浮现——我想起来了。
思想往相反的方向使劲拉我。
风吹树林,比时间要快
比思想要慢。

进驻新工作室一年

即使距离很近
也是从一个地方到另一个地方。
出发地点不变,以前我向东走
现在我向西,几乎到了江边。
以前的那栋楼很高,我往上
现在是一栋平房,有一个院子
我几乎滑行而至。
以前要经过小街小巷
现在是花草树木,还有猫。
以前则是鸡和狗,有人在电线杆上晒被子。
而现在,年轻的艺术家在草坪上打画框。
邻里的叫骂声变成了射击般的鸟鸣
我大声地咳嗽、咯痰
用回声丈量偌大的空间。
然后,窗外开始飘雪
抹去那一切,结束和开始
都飘落到我身上。

可不可以这样说

在密西西比河的一条支流上航行
导游说,那是一只小鳄鱼
(它喜欢吃乒乓球一样白色的棉花糖)。
过了一会儿他又说,那是一只小乌龟
在露出水面的枯树上晒太阳。
那是一条小水蛇……那是一头小野猪……

我们是密西西比河上的游客
但也是这个美丽的世界上的游客。
可不可以这样说:啊,那是一个小美人……
那是一块小奖牌?
那是一只鳄鱼皮的小包包,或者
野猪皮的大皇帝……
我们只是说一说,然后就顺流漂走了。

注:"野猪皮"为清太祖努尔哈赤满语名意译。

他看着

他看着那个顶着水罐下山的女人
看得如此入神
变成了那女人。
他有这样的天赋
变成一棵树或者一块石头
变成空山里的一无所有。
也能进入到一个苦难的身体
甘受束缚。然后
转移到那个坐在病床前一筹莫展的男人。
他是他追悔的眼泪,尽情流下。
他是谁呢?
当他和我们毫无隔阂
我们却与他相距无垠。

紫光

那座大楼上的灯全熄灭了
除了拐角处的一扇窗透出紫光。
我不得不看着它,然后
我非常愿意看着它。
我抬起头,身体后仰
已达最大限度,脖子几乎折断。
那紫光就在我的头顶上方
并继续向我的身后漂移。
索性躺下吧,但还是不行
那束光就像要入地。
风吹着耳畔的草叶,也吹着天上的楼影。
当我翻过身去,将汗湿的脸埋进草丛
仍能看见那动人的光。
就像地底的宝石矿脉
执着的心追随其中。

奇迹

门被一阵风吹开
或者被一只手推开。
只有阳光的时候
那门即使没锁也不会自动打开。
他进来的时候是这三者合一
推门、带着风,阳光同时泻入。
所以说他是亲切的人,是我想见到的人。

聊了些什么我不记得了
当时我们始终看向门外。
没有道路或车辆
只有一片海。难道说
他是从海上逆着阳光而来的吗?
他走了,留下一个进入的记忆。
他一直走进了我心里。

奇迹（二）

坐在他的身边我就安心了。
垫子那么软，友人如此亲切
那是一种很奇怪的感觉。
一个跳伞者终于落地
感觉到阳光、大地的芳香
他懒洋洋地不想起身，踏实了。
其余的好处都是额外的馈赠
虽说它们一直在那里。
可以拆除这栋房子、这个城市
甚至拿走沙发上的软垫。
我可以坐在一块石头上
身处任何旷野
只要他在我身边，或者
降落到离他两尺远的地方。
那天也没有讲经论道
聊的是迪士尼和电影市场
我们就像从跳楼机上下来
品尝一顿真生命的晚餐。
面条确有面条的味道
人也有了人的样子
每颗动物的心都因他安驻在温热的身体里。

奇迹（三）

他坐在垃圾堆上
大声地向我问好。
又瘸又瞎，但为何会如此快活？
和所有的人一样
他拥有此刻的阳光和鸟叫
就像为这样的公平而欢欣不已。
此外，他比我们多出了一枚蚕豆
因为牙齿缺损始终抓在手里。
"我请你吃蚕豆。"却没有送出去。
捡了一辈子的垃圾，很快
他也将成为一块垃圾。
一整天的春风和欢笑。
在天完全黑下去之前
他的慈悲又照亮了这里好一会儿。
最后他说了句"再见！"
当时我们已经走了
他是对这个即将逝去的世界说的
饱含着永诀的畅意。

飞行

在飞行的孤悬状态中
心从体内上升
停留在比飞行高度略高之处。
常常在客舱顶部
有时也在外面
伴我们而飞。
某种空洞和异样。

当飞机降落在跑道上
心也下降至身体
慢了一拍。
但扎得更深了。

心儿怦怦跳

田野离我们很远
去往另一个世界。
兴师动众,还要过江。
那么多的泥巴,他站也站不稳
就像从此以后就都是田野了。

不要离大路太远
就在它的边缘徘徊。
妈妈回过身,招呼他走得更深一些
在妈妈和那条大路之间他犹豫不决。

她那么开心,开始舞蹈
做出他从没有见过的动作
喊出他从没有听过的声音。
和田野里的响动倒很符合
和鸟儿呀、风车呀,和风是一种性质。
他们渐渐地和田野同质
不再是他的父母了。

他在一堵墙壁似的水牛前面停下
爸爸让他摸牛。黑不溜秋的

颤抖的,移动的……难以言喻。

他有一点兴奋,又摸了一下

整张小手都埋在了那片粗粝的乱毛里。

夜读

雪洞就是雪山岩壁上的洞穴
她在那里修行,不是做什么
而是练习不做什么。她做到了。
她说从来没有感到过孤独
因为不是一个人,她和自己在一起。

设想她看下去的视野。天在降雪
从雪片飞舞的缝隙中看下去。
久而久之,目光就像雪一样
飘落到每一件被看见的事物上
瞬间融化。那是渗透的标志。

我渗透到这本书中的故事里
房间里只有我自己,灯光格外明亮
(似乎因为用电的人少,电流突然充足)。
读到她生火做饭,影子
被映在很浅但发烫的洞壁上面。

我的房间和她的洞穴没有不同
我们都离开了母亲,在这世界上独处。
我的静夜之时略等于她的觉者生涯。
单独而非孤单的雪花在火焰里起舞
甚至来不及相触。

殡仪馆记事

很多次去过那里
但无法写好它
心里面有一种回避
不是恐惧也不是悲伤
只是无聊。
所有的事都变得没有意义。
一切都是大理石的
贴在墙上或铺在地上。
盒子也是大理石的质材。
如此庄重,但如此寒酸。
万物的里面都没有东西
一切所见都不是其自身。
当我哭着走下台阶
碰见一个女人也在哭泣
我们泪眼相望,彼此
似乎怀有深情。
但这不过是一个误会。
她递过来一块手帕——这太过分了!
那里的手帕也不是手帕
只是事实的一片灰烬。

白蛆

一条白蛆在蠕动
像一粒大米,或者像
大米煮成的米饭。
米饭在蠕动
它是荤的
有其生命
不是尸体。
蠕动其上的地面颜色较深
有点潮湿
微风吹过
草叶晃动
但白蛆不动。
它没有被风儿吹动
是自己在动。
某种力量源于自身
被自我掌控
从东边慢慢地移往西边。
一种和我们类似的被掌握于身体的力量。
然后,你抬起脚
踩破了那截蛆。
我们显示了我们的力量
而让另一种比我们渺小的力量

宣告破产。

现在

风可以吹动那截瘪下去的尸体了。

蛆的体液被土地吸收。

生命中的欢宴

我们需要生命中的欢宴
因为我们都很饥饿。
在桌子边上已经坐好
灯光照耀着洁净的餐具。
从厨房飘来饭食的奇香
那一刻我们可以忍受。
这时有人会把话题岔开
说起一些比较体面的事
也可能比较猥琐。
另一个人已经打开了瓶塞
疏通喉管,并向肠胃预告。
和宴会的结局相比
有一阵我们无不眉清目秀。
如果时光就此停顿
也许就是一种此世的圆满。

即使是在厨房工作的人
也感觉到了祥瑞的气氛。
他们要满足需要被满足的人
他们的满足就是他们的满足。
于是一切有条不紊地进行着
从清晨采买开始的备餐

到这会儿已经过了若干阶段。
窗外的一棵树结有硕果
果实就要降落,但尚未降落。
如果时光就此停顿
就是一种施与受的圆满。

我们生命中的欢宴不是比喻
是确实的吃喝。在此仪式中
总是和另一些人在一起
印证一种心情,履践一套程序。
哪怕是夜市的路边排档
当年黑灯瞎火的广州
只有李苇和我。
我们交谈,等着上菜
那份笃定和寡淡远胜任何美食。
夏夜的凉风不知礼数
但也被纳入到一个人的好客
和两个人的对饮中。

一家美术馆

这家国立美术馆
只有一间很小的展厅
重复播放一部黑白电影
讲述它所在的建筑不平凡的历史。
从图纸到施工,从混乱的工地
到落成剪彩,再到大刀阔斧
具有天才创意的改造。
明星政要闪耀其间
影像也从单色转为彩色……
其他什么都没有。
没有展览,没有活动,没有咖啡馆。
画外音如模糊的自语回荡于光洁的四壁:
我回忆,我经历,我活着,我矗立
并为此而永远存在。

夜游新加坡动物园

我们怜悯动物
因为没有寄居在那样的身体里。
即使在林中的月光下
我也愿意是一个人。
不愿意像大象那样有力
像雄狮那样威严
像蛇那样游动。
我们渴望力量和尊严,渴望自由
但不愿是这三者之一。
当我们还是我们
就无法想象无形的轮回。
我们渴望月光
却制造了一种叫作"月光"的灯效。
渴望和动物兄弟般地接触
但把自己关在兽笼似的游览车里。
我们和它们之间隔着一个形体
中间是大片林木。
最多成为一棵树
那是我们的底线。
有什么难以逾越却注定被逾越
就像胸腔里的这颗心狂跳
因为哀伤也由于恐惧。

直到闭园熄灯，它们
才得以安享亘古以来却如此短暂的夜色。
我们要到死亡以后。

搬家记

我们把家从江南搬到了江北
从文明之地搬到了野蛮之所
从灯火辉煌搬到了鬼火点点,甚至
水管里流出的水都带着腥气。

其实只是一江之隔,每晚我们隔江
望着那业已完成甚至完美的新城。
深黑的天空将散射多余的光收束住
我们眼里所见既璀璨又宁静
是我们生活在那里时没有意识到的。

我们下楼,发动汽车
在另一边畅行无阻的公路上跑着
眼睛适应后渐渐能分辨出月色星辉
铺洒在又黑又野的大地上。
在那条沿江而行的路上
我们终于找到了故土的感觉。

与江水齐头并进,就这么一直开下去。
你说:这里就像阴阳两界。
我说:我们就像在边境上巡逻。
你说:好在我们都到了同一边。

我说：我们始终都在同一边。
汽车后备箱和后面的座位上
塞满了塑料箱、杂物和我们的行李。

遗忘之岛

做梦我也不会去这个地方
但是我去了。
情景非常真实
我们放电影、走路、购物
游览当地的美术馆和动物园。
直到第三天我想起一个人
最后她去的就是这里
给我的最后一封信是从这儿寄出的。
我在她的校园散步
和更年轻的一代交谈
看见新奇的植物、建筑
垂涎不已。
由于过分美丽
这是一座遗忘之岛。

时空

四十岁到六十岁
这中间有二十年不知去向。
无法回想我五十岁的时候
在干什么,是何模样
甚至没有呼啦一下掠过去的声音。
一觉醒来已经抵达
华灯初上,主客俱老。那一年

我的一个朋友在外地车站给我打电话
他被抛下那列开往北方的火车。
我问他在哪里?地名或者标志
他说不知道。看着四下里陌生的荒野
男人和女人,或许还有一头乡下骡子
他又说,只知道在中间……
电话里传出一阵紧似一阵的朔风哨音
和朋友绝望的哭泣。我说
回家吧,你们已经结束。

甚至这件事也发生在我四十岁
他三十多岁那年。

有限

我们读过他写的最好的诗
对他写得不怎么样的诗就没有兴趣。
见过他能量充沛的样子
对他的衰弱就不能原谅。
我们对他的感情是一种崇拜,但不是爱。

蓝色的月光降临,他渐渐枯萎,或者
鼎盛之前他幼苗一样幼稚地匍匐。
太阳和月亮能看见的美丽
我们一概视而不见。除非
他没有写过任何真正的好诗
能写成这样已让我们惊奇。

我们收集他全部的作品
看见了过程和整体。
我们对他的感情是一种怜惜,同样不是爱。
只有日光和月色可赋予有限圆满以辉映。

一个情境

一个情境中
以为开始却走到了尽头,或者
的确是一个开始却以结束的方式出现。
几个人又坐在一起,像地下党
但年事已高。一道光射进囚室
从那扇高处的窗户上。你完全不清楚
他们神秘的交谈是关于往事
或是即将到来的日子。也许
一个人已经牺牲,另一个
正在成长。第三个人维持着
就像维持此刻逐渐暗淡只余一线的天光。
他们在时间并非空间中早已分道扬镳
又坐在一起,喝着热茶和冰镇啤酒。

幸福

他躺在沙发上
看这房子里的一扇窗
整面墙都是玻璃。
竹林掩映,他只看竹子。

阳光透过细密的缝隙落在玻璃上
玻璃经过折射把那些光运送进来。
他看书,书页反光,有淡影掠过。
文字密集,像竹子站在窗外。

他读到一个埋伏和伪装的故事
窗外的竹林里有一束异光一闪——
一辆汽车藏身竹林
镀镍的前杠被阳光点亮。就像

一辆坦克悄悄伸出了炮管
瞄向这座房子。幸福就是
身处虚拟的危险中
并想象了有关的画面。

此处风景

我们住得太高了
窗外偶能看见鹰在飞翔。
与大楼平行,有时靠得很近
一侧鹰眼的目光射进室内
吊顶上的灯突然就亮了。

大楼位置不变
是鹰在转向,盘旋
用另一侧的眼睛证实着什么。
傍晚时分,白昼般的灯光里
孩子无忧地在瓷砖地上爬行
鹰隐藏于渐黑而深广的天空
像一抹云影。

并不是因为鹰
而是瞬间涌入的夜色
让我关上了窗户。

第五辑
解除隔离

2020—2021

疫区之夜

疫区之夜,我看见一条狗
翻过垃圾箱后沿一条直路跑下去了。
那么轻松,富于节奏,目中无人。
就像那狗是灰色的风勾勒出来的
奔驰在专门为它开辟的道路上。
我们很孤单是因为没有其他人和我们在一起
它很孤单是因为没有人也没有狗和它在一起。
如果我们愉悦,也是因为没有人
它的愉悦大概是双份的。
风是灰色的,星星闪亮。

异类

恐惧操纵了这里的每一个人
在死去以前我们从大街上消失。
从窗户看出去,但
没有人看见我们站在窗户后面
所有的人都从房子里或洞穴中
看着一个空了的世界
就像看一口干涸而巨大的深井。
在它上面,更远一点的地方
那片鲜亮的草木中
有两个农民在劳动
就像方外之人,两个古人。

在这里……

时间变慢或者变快了
变得黏稠或者被稀释。
时间变暗,在酒店客房里
有一盏长明灯,同样映亮在灵堂。
我们为这个世界守夜
但没有另外的死者
在身体上面擦拭酒精
把自己弄得干干净净,然后等待。
死神就在窗外的云层中
比那还要高远、神秘
通过某种电波信号
将亲切的形象显示在荧屏上。

说犬子

他不知道我们会走多久
不知道我们何时回来。
每一次分别都突然而至
每一次重逢都无法预期。
不吃不喝,焦心等待
但维持不了几天
他需要生存下去。
开始时还有记忆
渐渐就模糊了养育者的形象。

我们不可能捎信给他
或者让他读懂画面
任何虚拟的信息他都无感
除非你的真身出现——
在他的眼中只有真实(眼见为实)
一种动物般自然而然的感情
被瞬间点燃。

解除隔离

终于回家了,随后就开始想念
那个我们一心要离开的地方
那小城里面的酒店客房。
似乎被隔离的日子仍在继续
仍有灰头土脸的人生活在那里。
就像我抛下了她那么难过——
不对呀,此刻她就在我身边
高速路上的风吹动她俩月未剪的头发。
应该是我们抛弃了他们
而他们是一些影子
两个月的走动、睡眠和发梦积起来的影子。
他们会交谈吗,会争吵吗?
或者只是默默地进食。
那张塌陷下去的床正渐渐复原
因为影子没有分量。
会有人从窗口看见远处鲜亮的油菜花吗?
当房间暗下去的时候,外面依然很亮。
每一天,这世界都不是一下子就黑的
渐次昏暗,渐次光明
就像我的记忆渐次消失和更新
那房间里的恐惧和爱情也将淡出无踪。

回到工作室

经过一段时间
我又回到原来的地方
无论经历如何可怕或者狂喜
都无法撼动这里的平静。

阳光透过密密的竹林
把光影投在大片玻璃上
我斜靠在沙发上可以踏实睡了。
一本没有读完的书被再次捡起。

现在,这本书遮着我的脸
而我的身体不用覆盖。
如果我没有从那儿回来呢?
这里也不会有任何不同。

桌椅无人搬动
盆栽缺水已经枯死
细腻的灰土上有一串鞋印
一个闯入者梦见一个无家可归的人。

洪水

洪水来的时候他们在江边钓鱼
眼看着江面渐渐开阔。
他们从江堤临江的那面后撤
在坝顶的公路边继续垂钓。
后来又撤至身后的汽车
打开车门,伸出钓竿。
他们想象自己在江里的一条船上
有很多这样的船一字排开
直到深夜,渔火已到了江心。
他们把钓到的鱼再放回水里
因为已经没有陆地。
再钓,再放回去……
我从楼上的窗口俯瞰他们的执着
漆黑的江流里垂下高低不等的鱼钩
好像冰凉的雨水从天空落下。
灯光隐去,因果滔滔不绝。

看晚霞

每天傍晚我赶回家
和你一起看晚霞。
有时我们在一辆车上
就向晚霞开过去。
如果我们站在楼顶上
晚霞便在窗前自动升起。
下面的夹江岸边有一些人在钓鱼
这些人只看水面，直到
一条鱼被拎了出来
死去以前看了一眼晚霞。
而钓鱼人看见鱼鳞上反照的霞光
我们看见昏暗中的鱼肚白
刀光似的一闪。
上帝看见一片血海。
然后
谁也看不见了
鱼的魂魄返回深深江底。

隧道

我经常过江
每天至少两次
经过长长的隧道
我从不从跨江大桥上面走。
那种穿越的感觉就像江在过我。
听不见头顶的江水声
但导航显示,此刻已到江心。
哪怕有一次隧道真的漏了
落下的也不是江水,而是沙子。
固体的细流,源源不断
沙漏一般
在隧道里积成一座尖锐的小山。
所有的车辆减速,拍照
然后争分夺秒。
一座隧道里特有的幽光中的沙山
我们把它的影像带了出来。

夕阳

她站在窗前看夕阳
怀里抱着儿子
或者抱一只小狗
或者抱一个枕头。
她需要抱一个什么东西。

我推门而入,她吓了一跳
手上抱的东西跌落
顺着墙根溜走了。

我不为这满室的霞光感动
只为她的惊慌。

隧道里猫

猫不可能出现在隧道里
如果在隧道里就不是一只猫。
一些痕迹或花纹
你凭什么说那是一只猫?
没有体积、运动,平整如镜
凭什么你倒是说呀。然后
我看见了她脸上的泪珠
里面有一只猫并拱起脊背。
也许是猫的灵魂
一枚琥珀
被我抽出一张纸巾很温柔地擦掉了。

过江隧道

这是一条过江隧道
车辆穿越而过
从洞口拐上左边或右边的公路
分散在大地的道路网中。
驾车的人伴着晚霞,各自回家
一时沉寂
黑暗下去
路面变凉。
隧道里仍大放光明。
车流稀疏的时候
每过五分钟才有一辆车。
终于有一个片刻
整条隧道空空如也。
那么又是谁
听见夜航的风帆从上面驶过?
仿佛更换了交通工具
望见两岸灯火如豆
却无法透视未来。
这没有主人公的前世今生。

钵
　　——回赠杨键

他送我一只钵
在一张宣纸上
影子一样深的墨色
又破又暗的所在。
他送我唯一一种颜色。
开口处有些微亮光
那是钵的开口
抑或是奥秘的开口。
他送我一团漆黑。
只是镜框格外明亮
映出我的双腿
继而是两只鞋子
走过去了。
整个房间在画的深处呈现
衬着那只钵。
我蹲下,仔细辨认
裂开的痕迹
试图捧起来
就像没有手那么徒劳。

买盐路上的随想

这个地方已不再陌生
我穿行在夜晚的小雨中
那么地有把握
去门口的超市买一包盐。

我离开的地方拥挤、灰暗
熟悉使那儿更显局促。
我离开了一个洞穴
得到一片荒芜,现在
这片荒芜在我每天的行走中
变得井然有序。

再也不会离开,直到
我被囚禁于残破的身体——
我将搬迁到死亡之地
再次得到荒芜。

永恒的陌生和惊吓
或者渐渐舒适。
当我厌倦了不死的我
另一个人或者三个人或一只鹭鸶
将会出生。

我去小区门口买一包盐。

乌龟不是月亮

乌龟不是月亮
而月亮,怎么看
也不是乌龟。
夜晚的河滩。

当月亮以慢速升起
乌龟就像两块石头
扑通,啪啦
落入水中。现在

只有月亮了。前三秒
乌龟尚未入水
月亮犹豫着上升
各自凌空

月亮盲目的光辉和
乌龟锁闭的孔窍
对应。两块青石
在人眼的夜视中。

他们走回大路上
身后的涟漪无声。

他们同样是两个
是一对。

乌龟不是月亮
但月亮是乌龟。
至少在他的记忆里
有一种延续。

怜悯苍蝇

冬天,他怜悯几只苍蝇
在一所有暖气的房子里。
甲虫一样在桌面爬行
但没有那么硬的壳
苍蝇飞起来,没有声音。
灰尘似的飘落,又努力向上
最后还是落到了地上。
不是夏天的那种大个儿的绿头苍蝇
闪着漆光,更多的时候一动不动
他完全不会受到打扰。
"怜悯"一词也许不准确
只是没能激起他心中的杀机。
相处的时间长了,也有所适应
甚至欣慰。他们
都尽量待得离散热片更近一些。
冬天的苍蝇,诗人的暮年。

必然

穿得很暖和,行走于严寒
就像赤日炎炎遭遇一阵好风
同样的馈赠,温暖或是清凉。

在冬天它就是炭火、阳光
盛夏显现为流水、清风
从来如此
得看你置身何处
根据迥然的际遇回应你。

"爱"如怀抱般温热
"慈悲"好比月色清辉
从来如此,甚至并不存在
在你的匮乏之时揭示必然。

名字

我们失去了一些东西
有时失去就是死亡。
他们也失去了,双份的
既失去了我们也失去自己。

他们失去了外表
名字是仅存的遗物
在我们的失去中
发出铭牌相碰的金属声。
有时也如大海般沉默
当那些名字和名字在一起。

我们很多人说出一个名字便叮叮作响
而一个人想起很多人就有浪涌。
忽然风平浪静
我们行走在他们归还的天地里。

爱在失去之所
这是一种玩弄。

旧爱：一个叙事

她从来没有爱过他
这是一个秘密。后来
她不再需要保守这秘密
但也没有必要宣布
留下一些衣物和一本日记就离开了。
她答应回来取这些东西
终究没有回来。
不是欺骗，更不是故意的
只是解除了警惕，秘密
像一个结在时间中松开。
当他翻看那本日记
犹如古墓中溢出刺鼻的气味
他也没有因此受到伤害。
只是稍稍遗憾。
他把旧爱理解成某种深情
她从来没有爱过
但他们之间确有情谊
因缺爱更让人难以忘怀。
那些他们一起走过的路
更具有抵达的目的
相拥和眼泪，是未曾抵达。
某种深情或者爱的渴望
宽广有如虚无。

照片
　　——悼老木

在这张照片上你依稀能看见他以前的样子。
但我们没法倒推,在他二十岁时
看见一个流浪汉。时光以流水雕刻
多出了一些或者缺少,比如
那根髭须,为什么没有被剪掉?
也许他会说,"我没有注意。"
因返乡而临时套上的紫红色羽绒服
使他的脸平添一层容光。一颗门牙
在相隔的四十年里又长长了
但旁边的牙没有了。薄成一线的嘴唇后
那口牙完全不是他的,但也绝非假牙。只是
那细长的脚杆最适合在巴黎街头行走
在台北街头行走,在纽约街头行走
属于一个世界级的流浪汉。然而他回归了。
一个朋友代表我们前往慰问
隔着红棉袄拥抱他一身的老骨头。
我能感觉到那朋友的悲伤,骨头
向外刺出,像他脸上的髭须,几乎戳破鸭绒。
我们是一伙都留着庄严白胡茬的老人
他不在我们中间,以后也不会了。
终于有硬物自外而内地刺进里面
尖锐,一个乡镇之夜,他爬起来上自家茅房

长了肿瘤的肝脏破裂。
那朋友的确是这么说的
随后发来这张照片。

运行

走在一座新大桥上
汽车疾驶而过
却无我以外的其他行人。
桥自南向北升起
太阳自东而西——但慢了很多
当我走过长约一公里的大桥
太阳向上升高了两寸。
它始终照着我右边的脸
每天如此,因此
我的脸有了色差,看上去更立体了。
带着这样一张被塑造的面孔
我走进地铁站,之后
是一段暗无天日的极速滑行——
其实沿途大放光明。
我到了工作室,带着
在那桥上获得的视野开始工作,带着
从地底沾染的深沉。
滑行,塑造……太阳
终于从我的西窗落下。

年龄

他死于四十九岁。
四十九岁以前
我觉得在向他靠近
四十九岁以后,逐年远离。

另一个人死于七十九
如今我在向她靠近
靠近那颗老年的妇人的心。
甚至我的心也越来越女性化了。

他们是我双亲
葬在不同的石碑下面
两块碑紧挨在一起。
生前他俩相差一岁
但在死亡的永恒中
差了足有三十年。

此刻,风吹石头,却发出草木之声。
他们的儿子站在中间
就像他的大哥哥
另一个人的小弟弟。

这里的逻辑

她已经病入膏肓
但有心事未了
死前想要给父母上坟。
"这是最后一次
以后再没有机会了!"
我总觉得她已神志不清
就像她父母的死是真死
而等待她的不过是远行。其实
她为自己选中的墓地和他们紧挨在一起。

她如愿以偿,上了坟
然后拖着老残的病体回了京城。
然后她死了,被运回这里
中间只隔了一个星期。
想起那次艰苦卓绝的旅行
我就觉得不值。然而她已心满意足。
他们说她走得十分安详。

这里的逻辑大概是:
生者可以和死者沟通
而死者和死者绝不相通。
很可能她是对的。

墓园

不是所有的墓地都是墓园
不是所有的墓园都和我有关。
母亲将他们集合在这里
从乡下的坟地、骨灰堂,甚至乱坟岗
迁入这个岩石小镇
山坡上白色的"房舍"鳞次栉比。

生前她为自己预留了墓穴
在我爸爸旁边。每年祭扫时
她都会看见。她大概在想
我们是如何祭奠父亲的
就会如何祭奠她。她想象自己被埋葬于此
也想象了我们从山下拾级而上。

扫墓变得方便了,"一次
就解决了所有的问题。"她说,音容犹在。
不是所有的墓地都是墓园
也未见得风景、风水俱佳
只要大家在一起。对我来说
只要我母亲在这里。

两辆摩托车

昏暗中你看见两个骑摩托车的人
慢速,手牵着手,两个爱情的身影
并排行驶在那条公路上。
你到了他们侧面,发现是三个人
一辆摩托车后座上的那人
牵着另一辆摩托车的骑手。
这仍然是爱情,只是稍稍古怪。
当你看清是两个男人,爱情
变得难以理解,但更揪心了。
你开了过去。超车的一瞬间忽然明白
不过是一辆摩托失去了动力
他们以这样的方式带着它。
爱情消失,某种
互助的温暖和宇宙的必然却震撼人心
就像这是发生在两辆摩托车之间的情谊。
也像是两匹在同一槽头吃草的马
一个帮助另一个(因其不可能
所以更不可思议)。
慢速,互相搀扶,动力来自另一个
驰过郊外公路上那片幽黑的树影。

兜兜转转

在这条郊区公路上
我看见过一些东西。
一只兔子跑过路面
但并不是一只完整的兔子
只是兔子的瞬间。
河边有垂钓者的身影
残杀的内容和伫立的形式。
我只爱那形式,有如爱树木和灯杆。
爱夕阳,更爱它消失后满天的遗韵。
停车走走,往江水里扔石头
月亮不会因此升起。
但如果你扔乌龟放生
必有满月置换。一天傍晚
看见两个摩托车手两手互牵
并排以慢速向前。
她说,这是郊区的爱情和浪漫
我说是危险的杂耍。
我们并排坐在一辆汽车上
穿过江风和夜色
或者让它们穿过车厢
兜兜转转。

问一问

漆黑的水面闪着粼粼波光
下面的河岸边有几盏钓鱼人的小灯。
真美呀,可水里的鱼不这么想
是否因此你要把它们钓上来问一问?

光明又静谧的桥面笔直远去
视线跟踪一辆移动的小车。
思想也在寻找一个焦点:
只有美好没有残杀,或者
只有残杀没有美好。为什么
二者的交集中呈现爱不可理喻的性感?

对一棵树的处置

把一棵枯死的树移植到外面的院子里
风吹雨淋,让太阳照耀
不要经常走去看它是否复活
正是在你的盼望中它毫无希望。
请忘记和忽略。

在室内的时候
正是因你的遗忘它枯死了。
此刻在外面的院子里
同样因为遗忘它将不死不活。
这总比相信它确凿无疑地活着
不会死要好。

难以理解

最难以理解的不是他的死
而是方式。
我们和他之间并不隔着死亡
是那个时刻。
赴死以前他已异于我们
而异于我们以前他和我们一样。
之后,他死了
又变得完全可以理解。
我们可以爬上他登上的楼顶
但会从原路返回。
这并非是必修的一课,我们认为
他却将跳楼机的游戏修正为真。
风如何吹,鸟如何飞,心儿如何颤
这些都一模一样。
就像一次事故,在他是刻意破坏。
噩耗如何吹,他如何飞,我们的心如何颤
他对我们的了解远远胜过我们对他的了解。
他封闭的那团神秘即使全部绽开也不对我们开放。

注:2021年9月26日,外外离世四周年

蟋蟀之歌

这是一只蟋蟀,但它不叫
因为环境陌生,需要蛰伏。
它比你以为的要聪明
知道这儿不是草丛。当然
它也没有房子和墙角的概念
对水泥和涂料却有近乎死亡的认知。
它就在我们家里,在某处
已经好几天了。刚才
在卫生间的瓷砖地上我又发现了它
灯亮的一瞬间,那儿有一只蟋蟀。
蟋蟀也同样了解我——
我的意思是比认出更深入一层
它知道那巨大的晃动的形影
是对蟋蟀生命的威胁。
于是它开始弹跳、躲避
怎么也不让自己被抓住。
如果杀死倒也轻易,问题是需要活捉。
我用一张纸巾终于将它按住
没有体温,甚至没有触感
只是在想象中捏住的纸张间有一只蟋蟀。
我将纸巾扔向窗外夜空
三十四楼的层高呀,但丝毫也不用担心
因为根本就没有蟋蟀
或者不叫的蟋蟀原本轻盈。

地铁站俩老头

在地铁站,每天都会看见这值班老头
闲来无事戴着袖标做操。
他每天都会看见我,上班的老头
像年轻人一样背一个双肩包。

俩老头互相搭讪,因阶级不同
实在也没有什么可聊。车来了
带走了上班的老头,又把他带回来。
值班的老头仍在那里转腰。

有一阵,上班的老头没有来
值班的老头就想:他出差了。果然言中。
有一阵了,值班的老头不见了
上班的老头不禁想:他再也不会出现。

我为什么会这么想?
就因为我上班他值班吗,或者他无差可出?
但愿再看见值班的老头
戴着袖标在柱子后面做操。

塔松,灰天

塔松,灰天
从我母亲的窗口看出去。

母亲离世后,我从她的窗口看出去。
塔松,灰天。

现在,我们离开了那房子
不认识的人站在窗户边。

楼上的风撩动那人灰白的发丝
那是一位像我母亲一样的老年妇女吗?

或者是一位像我这样的中老年?
我看我母亲,而她看窗外
塔松,灰天。

一条忠犬看着我,也许
我就是它的塔松。
母亲已成为我的灰天。

清贫,无传家之物
只有这窗景,可寄托无限思念
可我们已将它售卖出去。

月相

古人在荒野里追随新月
先是星没了,之后月西沉
就像落日一样下到另一边。
黑暗中若有所见。

古人还知道残月出自东方
先于朝阳升起,后隐没。
新月上弦,残月下弦
一概被称为蛾眉月。

今人解说新月是一个反 C
残月是 C。新月渐渐变化成 D
残月由反 D 变化而来。
满月为 O。

今人在楼群的缝隙中追随新月
先是星被遮挡,之后月消失。
他想起古人的苦旅和辽远
灯光烁烁,开车返家。

空隙

因故滞留于 S 市
独自住店,独自吃饭。

S 市的朋友认为他已飞回 N 市
而 N 市的家人认为会期仍未结束
这中间有一个奇妙的空隙。

他被隔绝在明亮的生活之外
就像进入水族馆狭长的通道
鱼在头顶鸟儿一样翻飞。

他看见并听见了他们
但他们对他一无所知
不仅是多出的时间,他也是多出的那人。
这整个的一块多出、额外,并非多余。

这热带的晚风
榕树和椰子树的形影
夜市璀璨之光以及大海就在附近的提示
它们不认识他,对这些而言他是多余。

多出了他的多余,他在想
这是一个哲学问题。

记录

鹰在窗外盘旋
蝙蝠飞进家里
野蜂在房檐下聚集,准备筑巢。
我们在卫生间的水泥地上发现了一只油黑的蟋蟀
一只碧绿的大螳螂被卡在玻璃和纱窗之间
我的狗儿冲看不见的存在吠叫了一晚。这还不算
在我工作室外的台阶上遇见的那只小鸟
江边公路上那只横穿而过的野兔(飞影)。
所有的这些奇遇都发生在半年之内。

生态变好,也许是心里绿意成荫。
当我远离农贸市场屠宰的血污
那活着的、野生的、无形的
便纷至沓来。

回忆

那个温暖的草原之夜
他彻底放松下来。

那个地方并非故乡
彻底打破了故土和异域的概念。

那个地方把家的感受扩展又扩展
无边,永远……

大大的月亮下铺展着过去和未来
路边有大树被镂空成的棺木。

如此平缓,在意识里你已经躺下
又这样厚实,像往大地深处走去。

温暖的草原之夜,深深的牧草接纳你。
没有风,你就是空气。

生死之间的一块飞地
却不合逻辑地出现在我生命的早年。

图书在版编目（CIP）数据

悲伤或永生：韩东四十年诗选：1982—2021/ 韩东著 .—北京：北京联合出版公司，2022.7（2022.11重印）
ISBN 978-7-5596-6197-5

Ⅰ . ①悲… Ⅱ . ①韩… Ⅲ . ①诗集－中国－当代 Ⅳ . ① I227

中国版本图书馆 CIP 数据核字（2022）第 076932 号

悲伤或永生：韩东四十年诗选（1982—2021）

作　　者：韩　东
策划机构：雅众文化
策　划　人：方雨辰
出　品　人：赵红仕
特约编辑：简　雅　符蕴馨
责任编辑：龚　将
装帧设计：曲闵民　蒋　茜

北京联合出版公司出版
（北京市西城区德外大街83号楼9层　100088）
北京联合天畅文化传播公司发行
山东临沂新华印刷物流集团有限责任公司印刷　新华书店经销
字数63千字　　889毫米×1194毫米　1/32　13.5印张
2022年7月第1版　2022年11月第2次印刷
ISBN 978-7-5596-6197-5
定价：79.00元

版权所有，侵权必究
未经许可，不得以任何方式复制或抄袭本书部分或全部内容
本书若有质量问题，请与本公司图书销售中心联系调换。电话：（010）64258472-800